JN272723

義と仁叢書 4

鼠小僧《ねずみこぞう》次郎吉《じろきち》

NEZUMI KOZOU JIROKICHI

芥川龍之介
菊池 寛
鈴木金次郎【著】

国書刊行会

まえがき

鼠小僧次郎吉（一七九七―一八三二）は、大胆にも大名屋敷《だいみようやしき》を専門に盗みに入り、人を傷つけず、盗んだ金銭を貧しい人々に分け与えたため、義賊として語り継がれてきました。

活躍したのは江戸時代後期の文化文政期です。ちょうど、松平定信の奢侈《しやし》禁止の「寛政の改革」が終わり、人々は暗い雰囲気を吹き飛ばす、弥次郎兵衛と喜多八の『東海道中膝栗毛《とうかいどうちゆうひざくりげ》』（十返舎一九）や、八徳（仁・義・礼・智・忠・信・孝・悌《てい》）の玉をもつ八犬士が活躍する『南総里見八犬伝《なんそうさとみはつけんでん》』（曲亭馬琴）などに、熱中していた時代です。

次郎吉は、天保三年に日本橋浜町の小幡藩主松平宮内少輔忠恵の屋敷で捕縛《ほばく》され、北町奉行榊原忠之の尋問を受けます。尋問に対し、自白調書「鼠賊白状記《そぞくはくじようき》」を残し、盗んだ総額は三〇〇〇両以上と供述。しかし、次郎吉が忘れている部分もあり、正確な金額は不明でした。三カ月後に市中引き回しの上で、江戸千住《せんじゅ》の小塚原刑場にて処刑されました。享年は男盛りの三六歳でした。

本書には、鼠小僧次郎吉の活躍を描く、

（一）芥川龍之介著『鼠小僧次郎吉』……大正八年一二月、芥川龍之介二八歳の作品。出典は『芥川龍之介』（現代日本文学大系43　昭和四三年、筑摩書房発行）

（二）菊池寛著『鼠小僧外伝』……『俊寛』『仇討禁止令』など一〇の短編小説を収録した単行本『鼠小僧外伝』（昭和二四年三月、アキ書房発行）の表題作。

（三）鈴木金次郎編『絵本鼠小僧実記』……出典は『絵本鼠小僧実記』（明治二〇年二月、金泉堂発行）

の三篇を収録しました。

芥川龍之介の『鼠小僧次郎吉』は、主題をアイルランドの劇作家ジョン・M・シングの戯曲「西方の人気者」から借り、鼠小僧の講談本の場面設定や会話を活用した傑作です。その後の鼠小僧ものの舞台化や映画化、テレビ化に大きな影響を与えました。
菊池寛の『鼠小僧外伝』は、皮肉に富み、実に巧みに構成された作品です。
鈴木金次郎編の『絵本鼠小僧実記』は明治初期に人気を集めた絵入り本です。

このたびの発行にあたり、左記のような編集上の補いをしました。
①旧漢字旧仮名遣いを新漢字新仮名遣いに改めました。
②表現も現代文に改め、差別用語に配慮し、一部を加筆し補いました。
③難字にはルビをふり、難解な言葉には（　）で意味を補足しました。
④『絵本鼠小僧実記』の小見出しの表記を、一部改めました。
⑤「巻末特集　義賊としての鼠小僧」は、武家屋敷に忍び込む大胆不敵な怪盗鼠小僧に、ヤンヤの喝采を送った庶民の心情と、人気の秘密を紹介するものです。

平成二四年一一月

国書刊行会

目次

装幀　志岐デザイン事務所

鼠小僧次郎吉

芥川龍之介

一

ある初秋の日暮であった。

汐留《しおどめ》の船宿「伊豆屋」の表二階には、遊び人らしい二人の男が、さっきから差し向かいでしきりに献酬《けんしゅう》（盃のやりとり）を重ねていた。

一人は色の浅黒い、小肥りに肥《ふと》った男で、形《かた》の如く結城《ゆうき》の単衣物《ひとえもの》に、八反の平ぐけ（平ぐけ帯のこと。芯を入れずに平たくくけた幅の狭い男帯）を締めたのが、上に羽織った古渡《こわた》り唐桟《とうざん》の半天と一緒に、その苦《にが》みばしった男ぶりを、一層いなせに見せている趣《おもむき》があった。もう一人は色の白い、どちらかといえば小柄な男だが、手首まで彫ってある剳青《ほりもの》（入れ墨）が目立つせいか、糊《のり》の落ちた小弁慶の単衣物《ひとえもの》に算盤珠《そろばんだま》の三尺をぐるぐる巻きつけたのも、意気というよりはむしろ凄味《すごみ》のある、自堕落《じだらく》な印象しか起こさせなかった。のみならずこの男は、役者が

二、三枚落ちると見えて、相手の男を呼びかける時にも、始終「親分」という名を用いていた。が、年齢は同じくらいらしく、それだけまた世間の親分子分よりも、打ち融《うと》けた交情が通っていることは、互いに差しつ抑えつする盃の間にも明らかだった。

初秋の日暮とはいいながら、向こうに見える唐津《からつ》模様の海鼠壁《なまこかべ》には、まだ赤々と入日がさして、その日を浴びた一株の柳が、こんもりと葉かげを蒸しているのも、去って間がない残暑の思い出を新しくするのに十分だった。だからこの船宿の表二階にも、葭戸《よしど》こそもう唐紙《からかみ》に変わっていたが、江戸に未練の残っている夏は、手すりに下がっている伊予簾《いよすだれ》や、いつからか床に掛け残された墨絵の滝の掛物や、あるいはまた二人の間に並べてある膳の水貝や洗いなどに、まざまざと尽きない名残を示していた。

実際往来を一つ隔《へだ》てている掘割の明るい水の上から、時たまここに流れてくるそよ風も、微醺《びくん》を帯びた二人の男には、刷毛先《はけさき》を少し左へ曲げた水髪の鬢《びん》を吹かれるたびに、涼しいとは感じられるにしたところが、毛頭秋らしいうそ寒さを覚えさせるようなことはないのである。殊《こと》に色の白い男の方になると、こればかりは冷たそうな掛守《かけまも》りの銀鎖もちらつくほど、思いっきり小弁慶の胸をひろげていた。

二人は女中まで遠ざけて、しばらくは何やら密談に耽《ふけ》っていたが、やがてそれも一段落ついたと見えて、色の浅黒い、小肥りに肥った男は、無造作に猪口《ちょく》を相手に返すと、膝の下の煙草入をとりあげながら、

「というわけでの、おれもやっと三年ぶりに、また江戸へ帰ってきたのよ」

「道理でちっと御帰りが、遅すぎると思っていやしたよ。だがまあ、こうして帰ってきておくんなさりゃ、子分子方のものばかりじゃねえ、江戸っ子一統が喜びやすぜ」

「そういってくれるのは、手前《てめえ》だけよ」

「へへ、仰《おっしゃ》ったものだぜ」

色の白い、小柄な男は、わざと相手を睨《にら》めると、人が悪そうににやりと笑って、

「小花姐《ねえ》さんにも聞いて御覧なせえまし」

「そりゃ無《ね》え」

親分と呼ばれた男は、如心形《にょしんがた》の煙管《きせる》を啣《くわ》えたまま、わずかに苦笑の色を漂わせたが、すぐ

にまた真面目《まじめ》な調子になって、

「だがの、おれが三年見ねえあいだに、江戸もめっきり変わったようだ」

「いや、変わったの、変わらねえの。岡場所なんぞの寂《さび》れ方と来ちゃあ、まるで嘘のようでござえますぜ」

「こうなると、年よりの言いぐさじゃねえが、やっぱり昔が恋しいのう」

「変わらねえのは私《わっち》ばかりさ。へへ、いつになってもいってんだ」

小弁慶の浴衣《ゆかた》を着た男は、受けた盃をぐいとやると、その手ですぐに口の端の滴を払って、自ら嘲《あざけ》るように眉を動かしたが、

「今から見りゃ、三年前《めえ》は、まるでこの世の極楽さね。ねえ、親分、お前さんが江戸を御《お》売《う》りんなすった時分にゃ、盗《ぬす》っ人《と》にせえあの鼠小僧のような、石川五右衛門とは行かねえまでも、ちっとは睨《にら》みの利《き》いた野郎があったものじゃあござえませんか」

「とんだことをいうぜ。どこの国におれと盗っ人とを一つ扱いにする奴があるものだ」

唐桟《とうざん》の半天をひっかけた男は、煙草の煙にむせながら、思わずまた苦笑を洩《も》らしたが、鉄

火な相手はそんなことに頓着する気色《けしき》もなく、手酌でもう一杯ひっかけると、

「そいつがこの頃は御覧なせえ。けちな稼ぎをする奴は、箒《ほうき》で掃くほどいやすけれど、あの位《くれえ》な大泥棒は、ついぞ聞かねえじゃごぜえませんか」

「聞かねえだって、いいじゃねえか。国に盗賊、家に鼠だ。大泥棒なんぞはいねえ方がいい」

「そりゃいねえ方がいい。いねえ方がいいにゃ違えごぜえませんがね」

色の白い、小柄な男は、剳青《ほりもの》のある臂《ひじ》を延ばして、親分へ猪口《ちょく》を差しながら、

「あの時分のことを考えると、へへ、妙なもので盗っ人さえ、懐しくなってきやすのさ。先刻御承知にゃ違えねえが、あの鼠小僧という野郎は、心意気が第一嬉しいや。ねえ、親分」

「嘘はねえ。盗っ人の尻押しにゃ、こりゃ博奕《ばくち》打ちが持ってこいだ」

「へへ、こいつは一番おそれべか」

といって、ちょいと小弁慶の肩を落としたが、こちらはたちまちまた元気な声になって、

「私《わっち》だって何も盗っ人の肩を持つにゃ当たらねえけれど、あいつは懐の暖《あったけ》え大名屋敷へ忍びこんじゃあ、御手許金というやつを掻《か》っ攫《さら》って、その日に追われる貧乏人へ恵んでやるのだといいやすぜ。なるほど善悪にゃ二つはねえが、どうせ盗みをするからにゃ、悪党冥利《みょうり》にこのくれえな陰徳は積んでおきてえとね、まあ、私《わっち》なんぞは思っていやすのさ」

「そうか。そう聞きゃ無理はねえの。いや、鼠小僧という野郎も、改代町《かいだいまち》の裸松《はだかまつ》が贔屓《ひいき》になってくれようとは、夢にも思っちゃいねえだろう。思えば冥加《みょうが》な盗っ人だ」

色の浅黒い、小肥りに肥った男は、相手に猪口を返しながら、思いのほかしんみりとこういったが、やがて何か思いついたらしく、大様《おおよう》（ゆったりと）に膝を進めると、急に晴々した微笑を浮かべて、

「じゃあ聞きねえ。おれもその鼠小僧じゃ、とんだ茶番を見たことがあっての、今でも思い出すたんびに、腹の皮がよれてならねえのよ」

親分と呼ばれた男は、こういう前置きを聞かせてから、また悠々と煙管《きせる》をくわえての、夕日の中に消えて行く煙草の煙の輪と一緒に、次のような話をしはじめた。

二

ちょうど今から三年前、おれが盆茣蓙《ぼんござ》の上の達《た》て引《ひ》き（意地の張り合い。喧嘩）から、江戸を売った時のことだ。

東海道にゃちょっと差し（さしさわり）があって、路《みち》は悪いが甲州街道を身延《みのぶ》まで出にゃならねえから、忘れもしねえ、極月《ごくげつ》（十二月）の十一日、四谷の荒木町を振り出しに、とうとう旅鴉《たびがらす》に身をやっしたが、身なりは手前《てめえ》も知ってた通り、結城紬《ゆうきつむぎ》の二枚重ねに一本独鈷《どっこ》の博多の帯、道中差《どうちゅうざし》をぶっこんでの、革色の半合羽に菅笠《すげがさ》をかぶっていたと思いねえ。元より振り分けの行李《こうり》の外にゃ、道づれもねえ独《ひと》り旅だ。脚絆草鞋《きゃはんわらじ》の足拵《あしごしら》えは、見てくればかり軽そうだが、当分は御膝許《おひざもと》の日の目さえ、拝まれねえことを考えりゃ、実は気も滅入《めい》って、古風じゃあるが一足ごとに、うしろ髪を引かれるような心もちよ。

その日がまた意地悪く、底冷えのする雪曇りでの、まして甲州街道は、どこの山だか知らねえが、一面の雲のかかったやつが、枯っ葉一つがさつかねえ桑畑の上に屏風《びょうぶ》を立てよ、その桑の枝を摑《つか》んだヒワも、寒さに咽喉《のど》を痛めたのか、声も立てねえような凍《い》て方《かた》だ。おまけに時々身を切るような、小仏《こぼとけ》颪《おろし》のからっ風がやけにざっと吹きまくって、横なぐりに合羽を煽《あお》りやがる。こうなっちゃいくら威張っても、旅慣れねえ江戸っ子は形なしよ。おれは菅笠の縁に手をかけちゃ、今朝四谷から新宿と踏み出して来た江戸の方を、何度振り返って見たか知れやしねえ。

するとおれの旅慣れねえのが、通りがかりの人目にも、気の毒たらしかったのに違えねえ。府中の宿《しゅく》をはずれると、堅気らしい若え男が、後からおれに追いついて、口まめに話しかけやがる。見りゃ紺の合羽に菅笠は、こりゃ御定《おき》まりの旅仕度だが、色の褪《さ》めた唐桟《とうざん》の風呂敷包を頸《くび》へかけて、洗いざらした木綿縞《もめんじま》に剝げっちょろけの小倉《こくら》の帯、右の小鬢《こびん》に禿《はげ》があって、顋《あご》の悪くしゃくれたのさえ、よしんば風にゃ吹かれねえでも、懐《ふところ》の寒むそうな御《ご》人体《にんてい》だ。だがの、見かけよりゃ人は好いと見えて、親切そうに道中の名所古蹟なんぞを教えてくれる。こっちは元より相手欲しやだ。

「御前さんはどこまで行きなさる」

「私《わっし》は甲府まで参りやす。旦那はまたどちらへ」

「私《わたし》は何、身延詣《みのぶまい》りさ」

「時に旦那は江戸でござりやしょう。江戸はどの辺へ御住まいなせえます」

「茅場町《かやばちょう》の植木店《うえきだな》さ。お前さんも江戸かい」

「へえ、私《わっし》は深川の六間堀《ろくけんぼり》で、これでも越後屋重吉という小間物渡世《とせい》でござりやす」

とまあ、いった調子での。同じ江戸懐しい話をしながら、互いにいい道づれを見つけた気でよ、一緒に路を急いで行くと、追っつけ日野宿《ひのしゅく》へかかろうという時分に、ちらちら白い物が降り出しやがった。独り旅であって見ねえ。時刻も彼是《かれこれ》七つ下《さが》り（今の午後四時すぎ）じゃあるし、この雪空を見上げちゃあ、川千鳥の声も身に滲《し》みるようで、今夜はどうでも日野泊まりと、出かけなけりゃならねえところだが、いくら懐は寒むそうでも、そこは越後屋重吉という道づれのあるおかげさまだ。

「旦那、この雪じゃ明日《あす》の路《みち》は、とても捗《はか》がまいりゃせんから、今日のうちに八王子までのして置こうじゃござりやせんか」

といわれて見りゃ、その気になって、雪の中を八王子まで、辿《たど》りついたと思いねえ。もう空はまっ暗で、とうに白くなった両側の屋根が、夜目にも跡の見える街道へ、押っかぶさるようにに重なり合った、――その下にところどころ、掛行灯《かけあんどん》が赤く火を入れて、帰り遅れた馬の鈴が、だんだん近くなって来るなんぞは、手もなく浮世画の雪景色よ。するとその越後屋重吉という野郎が、先に立って雪を踏みながら、

「旦那、今夜はどうか御一緒に願いとうござりやす」

と何度もうるさく頼みやがるから、おれも異存があるわけじゃなし、

「そりゃそう願えれば、私も寂しくなくってよい。だが私は生憎《あいにく》と、はじめて来た八王子だ。どこも旅籠《はたご》を知らねえが」

「なあに、あそこの山甚《やまじん》というのが、私《あっし》の定宿《じょうやど》でござりやす」

といっておれをつれこんだのは、やっぱり掛行灯のともっている、新見世だとかいう旅籠屋

だがの、入口の土間を広くとって、その奥はすぐに台所へ続くような構えだったらしい。おれたち二人が中へ入ると、帳場の前の獅噛《しがみ》火鉢へ噛りついていた番頭が、まだ「御濯《おすす》ぎを」ともいわねえうちに、意地のきたねえようだけれど、飯の匂いと汁の匂いとが、湯気や火の気と一つになって、むんと鼻へ来やがった。それからさっそく草鞋《わらぢ》を脱ぎ、行灯を下げた婢《をんな》と一緒に、二階座敷へせりあがったが、まず一風呂暖まって、何はともあれ寒《さむ》さ凌《しの》ぎと、熱燗《あつかん》で二、三杯きめ出すと、その越後屋重吉という野郎が、始末におえねえ機嫌上戸《じょうご》で、ただでさえ口のまめなやつが、大方饒舌《しゃべ》ることじゃねえ。

「旦那、この酒なら御口に合いやしょう。これから甲州路へかかって御覧なさいやし。とてもこういう酒は飲めませんや。へへ、古い洒落《しゃれ》だが与右衛門の女房で、私《わっし》ばかりかさねがさね――」

などといっているうちは、まだよかったが、銚子が二、三本も並ぶようになると、目尻を下げて、鼻の脂を光らせて、しゃくんだ顋《あご》を乙に振って、

「酒に恨《うら》みが数々ござるってね、私なんぞも旦那の前だが、茶屋酒のちいっとまわりすぎ

たのが、とんだ身の仇《あだ》になりやした。あ、あだな潮来《いたこ》で迷わせるっ」とふるえ声で唄い始めやがる。おれは実に持てあまして、何でもこいつは寝かすよりほかに仕方がねえと思ったから、潮さきを見て飯にすると、

「さあ、明日が早えから、寝なせえ。寝なせえ」

とせき立てて、まだ徳利《とつくり》に未練のあるやつを、やっと横にならせたが、御方便なものじゃねえか、あれほどはしゃいでいた野郎が、枕へ頭をつけたとなると、酒臭え欠伸《あくび》を一つして、

「あああっ、あだな潮来で迷わせるっ」

ともう一度、気味の悪い声を出しやがったが、それっきりあとは鼾《いびき》になって、いくら鼠が騒ごうが、寝返りひとつ打ちやがらねえ。

が、こっちゃ災難だ。何をいうにも江戸を立って、今夜がはじめての泊まりじゃあるし、その鼾が耳へついて、あたりが静かになればなるほど、かえって妙に寝つかれねえ。外はまだ雪が止《や》まねえと見えて、時々雨戸へさらさらと吹っかける音もするようだ。隣に寝ている極道人《ごくだうにん》は、夢の中でも鼻唄を唄っているかも知らねえが、江戸にゃおれがいねえばかりに、

一人や二人は夜の目も寝ねえで、案じてくれるものがあるだろうと、――これさ、のろけじゃねえということに、――つまらねえことを考えると、なおのことおれは眼が冴《さ》えて、早く夜明けになりゃいいと、そればっかり思っていた。

そんなこんなで九つ（子《ね》の刻。今の午前零時ごろ）も聞き、八つ（丑《うし》の刻。今の午前二時ごろ）を打ったのも知っていたが、そのうちに眠気《ねむけ》がさしたとみえて、いつか、うとうとしたようだった。が、やがてふと眼がさめると、鼠が灯心でも引きやがったか、枕もとの行灯が消えている。その上隣に寝ている野郎が、さっきまでは鼾をかいていたくせに、今はまるで死んだように寝息一つさせやがらねえ。はてな、何だかおかしな様子だぞと、こう思うか思わねえうちに、今度はおれの夜具の中へ、人間の手が入って来やがった。それもがたがたふるえながら、胴巻の結び目を探しやがるのよ。なるほど。人は見かけにゃよらねえものだ。あのでれ助が胡麻《ごま》の蠅《はえ》（旅人らしく装って、旅人をだまし財物をかすめる盗賊）とは、こいつはちょっと出来すぎたわい。――と思ったら、すんでのことに、おれは吹き出すところだったが、その胡麻の蠅と今が今まで、一緒に酒を飲んでいたと思えば、忌々《いまいま》しくもなってきての、あの野郎の手が胴巻の結び目をほどきにかかりやがると、いきなり逆にひっ摑《つか》まえて、捻り上げたと思いねえ。胡麻の蠅の奴め、驚きやがるめえことか、慌てて振り放そうとするところを、夜具を頭から押っかぶせて、まんまとおれがその上へ馬乗りになってしまったのよ。するとあの意気地なしめ、無理無体に夜具の下から、面《つら》だけ外へ出したと思うと、

「ひ、ひ、人殺し」

と、烏骨鶏《うこつけい》が時でもつくりゃしめえし、奇体《きてえ》な声を立てやがった。手前《てめえ》が盗みをしておきながら、手前で人を呼びゃ世話はねえ、唐変木《とうへんぼく》とははじめから知っちゃあいるが、さりとは男らしくもねえ野郎だと、おれは急に腹が立ったから、そこにあった枕をひっ摑んで、ぽかぽかその面《つら》をぶちのめしたじゃねえか。

さあ、その騒ぎが聞こえて、隣近所の客も眼をさまし、宿の亭主や奉公人も、何事が起こったという顔色で、手燭の火を先立ちに、どかどか二階へあがって来やがった。来て見りゃおれの股ぐらから、あの野郎がもう片息になつて、面妖《めんよう》な面《つら》を出していやがる始末よ。こりゃ誰が見ても大笑いだ。

「おい、御亭主、とんだ蚤《のみ》にたかられての、人騒がせをして済まなかった。ほかの客人にゃお前から、よく詫《わ》びをいっておくんなせえ」

それっきりよ。もうあとはわけを話すも話さねえもねえ。奉公人がすぐにあの野郎を、ぐるぐる巻にふん縛って、まるで生け捕りました河童《かっぱ》のように、寄ってたかって二階から、引きずり下ろしてしまいやがった。

さてその後で山甚の亭主が、おれの前へ手をついて、

「いや、どうももってのほかの御災難で、さぞまあ、御驚きでございましたろう。が、御路用そのほか別に御紛失物《ごふんしつもの》もなかったのは、せめてもの御仕合《おしあ》わせでございます。追ってはあの野郎も夜の明け次第、さっそく役所へ引き渡すことに致しますから、どうか手前どもの届きませんところは、幾重にも御勘弁下さいますように」

と何度も頭を下げるから、

「何、胡麻の蠅とも知らねえで、道づれになったのが私の落度《おちど》だ。それを何も御前《おめえ》さんが、あやまんなさることはねえのさ。こりゃほんのわずかばかりだが、世話になった若《わけ》え衆《しゅう》たち

に、暖《あたた》け蕎麦《そば》の一杯も振る舞ってやっておくんなせえ」

と祝儀をやって返したが、つくづく一人になって考えりゃ、宿場女郎にでも振られやしめえし、いつまでも床に倚《よ》っかかって、腕組みをしているのも智慧《ちえ》がねえ。といってこれから寝られやせず、何かというちには六つ（今の午前六時ごろ）だろうから、こりゃいっそ今のうちに、ちっとは路が暗くっても、早立ちをするのが上分別だと、こう思案がきまったから、さっそく身仕度にとりかかり、勘定は帳場で払っていこうと、ほかの客の邪魔にならねえように、そっと梯子口《はしごぐち》まで来てみると、下じゃまだ奉公人たちが、皆起きているとみえて、何やら話し声も聞えている。するとそのうちにどういうわけか、たびたびさっき手前《てめえ》の話した、鼠小僧という名が出るじゃねえか。おれは妙だと思って、両掛の行李《こうり》を下げたまま、梯子口から下を覗《のぞ》いてみると、広い土間のまん中にゃ、あの越後屋重吉という木念人《ぼくねんじん》が、縄尻は柱に括《くく》られながら、大あぐらをかいていやがる。そのまわりにゃまた若え者が、番頭も一緒に三人ばかり、八間《はちけん》の明かりに照らされながら、腕まくりをしているじゃねえか。中でもその番頭が、片手に算盤《そろばん》をひっ摑み、薬罐頭《やかんあたま》から湯気を立てて、忌々《いまいま》しそうに何かいうのを聞

きゃ、

「ほんによ、こんな胡麻の蠅も、今に劫羅《こうら》を経《へ》（長い年月がたつ）て見さっし、鼠小僧なんぞはそこのけの大泥棒になるかも知れねえ。ほんによ、そうなった日にゃこいつの御蔭で、街道筋の旅籠屋《はたごや》が、みんな暖簾《のれん》に瑕《きず》がつくわな。そのことを思や今のうちに、ぶっ殺した方が人助けよ」

という側から、じじむさく髭《ひげ》の伸びた馬子半天《まごばんてん》が、じろじろ胡麻の蠅の面《つら》を覗きこんで、

「番頭どんともあろうものが、いやはやまた当《あ》て事《ごと》もねえことをいったものだ。何でこんな間抜野郎に、鼠小僧の役が勤まるべい。大方胡麻の蠅も気が強えといったら、面《つら》を見たばかりでも知れべいわさ」

「違えねえ。たかだか鼬小僧《いたちこぞう》くらいなところだらう」

こりゃ火吹竹を得物《えもの》にした、宿の若え者がいったことだ。

「ほんによ。そういやこの野猿坊《やえんぼう》は、人の胴巻もまだ盗まねえうちに、うぬが褌《ふんどし》を先に盗まれそうな面だ」

「下手な道中稼ぎなんぞするよりゃ、棒っ切れの先へ黐《とりもち》をつけ、子供と一緒に賽銭箱《さいせんばこ》のびた銭でもくすねていりゃいい」

「何、それよりゃ案山子《かかし》代わりに、おらがうしろの粟畑へ、突っ立っているがよかんべい」

こう皆がなぶり物にすると、あの越後屋重吉め、ちょっとの間は口惜しそうに眼ばかりぱちつかせていやがったが、やがて宿の若え者が、火吹竹を顋《あご》の下へやって、ぐいと面を擡《もた》げさせると、急に巻き舌になりやがって、

「やい、やい、やい、こいつらはとんだ奴じゃねえかえ。誰だと思って戯言《たわごと》をつきやがる。こう見えても、この御兄《おあにい》さんはな、日本中を股にかけた、ちっとは面《つら》の売れている胡麻の蝿だ。不面目にもほどがあらぁ。うぬが土百姓の分在で、利《き》いた風な御託《ごたく》を並べやがる」

これにゃ皆驚いたのに違えねえ。実は梯子を下りかけたおれも、あんまりあの野郎の権幕《けんまく》が御大《ごたい》そうなものだから、また中段に足を止めて、もう少し下の成り行きを眺めている気になったのよ。まして人のよさそうな番頭なんぞは、算盤まで持ち出したのも忘れたように、

呆《あき》れてあの野郎を見つめやがった。が、気の強えのは馬子半天での、こいつだけはまだ髭を撫でながら、どこを風が吹くという面で、

「何が胡麻の蠅がえらかんべい。三年前の大夕立に雷獣《らいじゅう》様を手捕りにした、横山宿《じゅく》の勘太とはおらがことだ。おらが身もんでぇを一つすりゃ、うぬがような胡麻の蠅は、踏み殺されるということを知んねえか」

と嵩《かさ》にかかって嚇《おど》したが、胡麻の蠅の奴はせせら笑って、

「へん、こけが六十六部に立山《たてやま》の話でも聞きやしめえし、頭からおどかしを食ってたまるものかえ。これやい、眠む気ざましにゃもったいねえが、おれの素性《すじゃう》を洗ってやるから、耳の穴を搔《か》っぽじって聞きやがれ」

と声色《こわいろ》にしちゃあ語呂の悪い、啖呵《たんか》を切り出したところは豪勢だがの、面《つら》を見りゃ寒いと見えて、水《みづ》っ洟《ぱな》が鼻の下に光っている。おまけにおれのなぐったところが、小鬢《こびん》の禿から顋《あご》へかけて、まるで面が歪《ゆが》んだやうに、脹《は》れ上がっていようというものだ。が、それでも田舎者《ゐなかもの》にゃ、あの野郎のぽんぽんいうことが、ちっとは効き目があったのだろう。あいつが乙に反

り身になつて、餓鬼《がき》の時から悪事を覚えた行き立てを饒舌《しゃべ》っているうちにゃ、雷獣を手捕りにしたとかいう、髭のじじむせえ馬子半天も、だんだんあの胡麻の蠅を胴突《どつ》かなくなってきたじゃねえか。それを見るとあの野郎め、いよいよ、しゃくんだ顋《あご》を振り、三人の奴らをねめまわして、

「へん、このごっぽう人めら、手前《てめえ》たちを怖がるような、よいよいだとでも思いやがったか。いんにゃさ。ただの胡麻の蠅だと思うと、相手が違うぞ。手前たちも覚えているだろうが、去年の秋の嵐の晩に、この宿《しゅく》の庄屋へ忍びこみ、有り金を残らず掻《か》っ攫《さら》つたのは、誰でもねえこのおれだ」

「うぬが、あの庄屋様へ――」

こういったのは、番頭ばかりじゃねえ。火吹竹を持った若え者も、さすがに肝をつぶしたと見えて、思わず大きな声を出しながら、二足三足うしろへ下がりやがった。

「そうよ。そんな仕事に驚くようじゃ、手前たちはまだ甘えものだ。こう、よく聞けよ。ついこのあいだも小仏峠で、金飛脚《かねびきゃく》が二人殺されたのは、誰の仕業だと思いやがる」

　あの野郎は水《みず》っ洟《ぱな》をすすりこんじゃあ、やれ府中で土蔵を破ったの、やれ日野宿でつけ火をしたの、やれ厚木街道の山の中で巡礼の女をなぐさんだの、だんだん途方もねえ悪事を饒《しゃ》舌《べ》り立てたが、妙なことにゃそれにつれて、番頭はじめ二人の野郎が、いつの間にかあの木念人へ慇懃《いんぎん》になってきやがった。中でも図体の大きな馬子半天が、莫《ば》迦《か》力《ぢから》のありそうな腕を組んで、まじまじあの野郎の面を眺めながら、

「お前さんという人は、何たるまた悪党だんべい」

と唸るような声を出した時にゃ、おれは可笑《おか》しさがこみ上げての、あぶなく吹き出すところだった。ましてあの胡麻の蝿が、もう酔いもさめたのだろう、いかにも寒そうな顔色で、歯の根も合わねえほどふるえながら、口先ばかり勢いよく、

「何と、ちっとは性根がついたか。だがおれの貫禄《かんろく》は、まだまだそんなことじゃねえ。今度江戸をずらかったのは、臍繰金《へそくりがね》が欲しいばかりに二人とねえ御袋を、おれの手にかけて絞め殺した、その化《ば》けの皮が剝《は》げたからよ」

と大きな見得を切った時にゃ、三人ともあっと息を引いての、千両役者でも出て来はしめえ

し、小鬢から脹れ上がったあいつの面を、ありがたそうに見つめやがった。おれはあんまり莫迦《ばか》らしいから、もう見ているがものはねえと思って、二三段梯子を下りかけたが、その途端に番頭の薬罐頭《やかんあたま》め、何と思いやがったか横手を打って、

「や、読めたぞ。読めたぞ。あの鼠小僧というのは、さてはおぬしの渾名《あだな》だな」

と頓狂な声を出しやがったから、おれはふとまた気が変わって、あいつが何とぬかしやがるか、それが聞きたさにもう一度、うすっ暗え梯子の中段へ足を止めたと思いねえ。するとあの胡麻の蝿め、じろりと番頭を睨みながら、

「図星を指されちゃ仕方がねえ。いかにも江戸で噂の高え、鼠小僧とはおれのことだ」

と横柄にせせら笑いやがった。が、そういうかいわねえうちに、胴震いを一つしたと思うと、二つ三つ続けさまに色気のねえ嚔《くしゃみ》をしやがったから、せっかくの睨みも台無しよ。それでも三人の野郎たちは、勝角力《かちずもう》（相撲）の名乗りでも聞きやしめえし、あの重吉の間抜け野郎を煽ぎ立てねえばかりにして、

「おらもそうだろうと思っていた。三年前の大夕立に雷獣様を手捕りにした、横山宿の勘

太といっちゃあ、泣く児も黙るおらだんべい。それをおらの前へ出て、びくともする容子《ようす》が見えねえだ」

「違えねえ。そういやどこか眼の中に、するどいところがあるようだ」

「ほんによ、だからおれは始めから、何でもこの人はいっぱしの大泥棒になるといっていたわな。ほんによ。今夜は弘法《こうぼふ》にも筆の誤り、上手《じやうず》の手からも水が漏るす。漏ったが、これが漏らねえでみねえ。二階中の客は裸にされるぜ」

と縄こそ解こうとはしねえけれど、口々にちやほやしやがるのよ。するとまたあの胡麻の蠅め、大方威張ることじゃねえ。

「のう、番頭さん、鼠小僧の御宿をしたのは、御前《おめえ》の家の旦那が運がいいのだ。そういうおれの口を干しちゃ、旅籠屋《はたごや》冥利《みやうり》が尽きるだろうぜ。枡《ます》でいいから五合ばかり、酒をつけてくんねえな」

こういう野郎も図々しいが、それをまた正直に聞いてやる番頭も間抜けじゃねえか。おれは八間の明りの下で、薬罐頭の番頭が、あの飲んだくれの胡麻の蠅に、枡の酒を飲ませているのを見たら、何もこの山甚の奉公人ばかりとは限らねえ、世間の奴らの莫迦莫迦《ばかばか》しさが、可笑《をか》しくって、可笑しくって、こてえられなかった。なぜといいねえ。同じ悪党とはいいながら、押し込みよりゃ掻《か》っ払《ぱら》い、火つけよりは巾着切《きんちやくきり》が、まだしも罪は軽いじゃねえか。それなら世間もそのように、大盗っ人よりは、小盗っ人に憐みをかけてくれそうなものだ。ところが人はそうじゃねえ。三下野郎にゃむごくっても、金箔つきの悪党にゃ向こうから頭を下げやがる。鼠小僧といやぁ酒も飲ますが、ただの胡麻の蠅といやぁ張り倒すのだ。思えばおれも盗っ人だったら、小盗っ人にゃなりたくねえ。――とまあ、おれは考えたが、さていつまでも便々《べんべん》と、こんな茶番も見ちゃいられねえから、わざと音をさせて梯子を下り、上り口へ荷物をほうり出して、

「おい、番頭さん、私は早立ちと出かけるから、ちょいと勘定をしておくんなせえ」

と声をかけると、いや、番頭の薬罐頭め、てれまいことか、慌てて枡を馬子半天に渡しながら、何度も小鬢《こびん》へ手をやつて、

「これはまた御早い御立ちで――ええ、何とぞ御腹立ちになりゃあせんように――また先

程は、ええ、手前どもにもわざわざ御心づけを頂きまして――もっともいい塩梅《あんばい》に雪も晴れたようでげすが――」

などとわけのわからねえことを並べやがるから、おれは可笑しさも可笑しくなって、

「今下《お》りしなに小耳に挟んだが、この胡麻の蠅は、評判の鼠小僧とかいう野郎だそうだの」

「へい、さようだそうで、――おい、早く御草鞋《おわらじ》を持って来さっし。御笠に御合羽はここにありと――どうも大した盗っ人だそうでげすな。――へい、ただいま御勘定を致しやす」

番頭の奴はてれ隠しに、若え者を叱りながら、そこそこ帳場の格子《かうし》の中へ入ると、仔細《しさい》らしく啣《くは》え筆《ふで》で算盤をぱちぱちやり出しやがった。おれはその間に草鞋をはいて、さて一服吸いつけたが、見りゃあ胡麻の蠅は、もう御神酒《おみき》がまわったと見えて、小鬢《こびん》の禿まで赤くしながら、さすがにちっとは恥かしいのか、なるべくおれの方を見ねえように、側眼《わきめ》ばかり使っていやがる。その見すぼらしい容子《ようす》を見ると、おれは今更のようにあの野郎が可哀そうにもなって来たから、

「おい、越後屋さん。いや、重吉さん。つまらねえ冗談《じょうだん》はいわねえものだ。御前《おめえ》が鼠小僧

だなどというと、人のいい田舎者は本当にするぜ。それじゃ割が悪かろうが」と親切づくにいってやりゃ、あの阿呆の合天井《ごうてんじゃう》め、まだ芝居がし足りねえのか、

「何だと。おれが鼠小僧じゃねえ？　とんだ御前は物知りだ。おう、旦那旦那と立てていりゃ――」

「これさ。そんな啖呵《たんか》が切りたけりゃ、ここにいる馬子や若え衆が、ちょうど御前《おめえ》にゃいい相手だ。だがそれもさっきからじゃ、もうたいてい切り飽きたろう。第一御前が紛れもねえ日本一の大泥棒なら、何もすき好《この》んでべらべらと、ためにもならねえ旧悪を並べ立てるはずがねえわな。これさ、まあ黙って聞きねえということに。そりゃ御前が何でもかんでも、鼠小僧だと剛情を張りゃ、役人はじめ真実御前が鼠小僧だと思うかも知れねえ。が、その時にゃ軽くて獄門《ごくもん》、重くて磔《はりつけ》は逃れねえぜ。それでも御前は鼠小僧か、――といわれたら、どうする気だ」

とこう一本突っこむと、あの意気地なしめ、見る見るうちに唇の色まで変えやがって、

「へい、何とも申し訳はございやせん。実は鼠小僧でも何でもねえ、ただの胡麻の蠅でご

ざりやす」

「そうだろう。そうなくっちゃ、ならねえはずだ。だが火つけや押し込みまでさんざんしたというからには、御前《おめえ》もいい悪党だ。どうせ笠の台は飛ぶだろうぜ」

と框《かまち》で煙管をはたきながら、大真面目におれがひやかすと、あいつは酔いもさめたと見えて、また水《みづ》っ洟《ぱな》をすすりこみ、泣かねえばかりの声を出して、

「何、あれもみんな嘘でござりやす。私《わっし》は旦那に申し上げた通り、越後屋重吉という小間物渡世で、年にきっと一、二度はこの街道を上下《のぼりくだり》しやすから、善かれ悪しかれいろいろな噂を知っておりやすので、つい口から出まかせに、何でもかんでもぽんぽんと――」

「おい、おい、御前は今胡麻の蠅だといったじゃねえか。胡麻の蠅が小間物を売るとは、御入国以来聞かねえことだの」

「いえ、人様の物に手をかけたのは、今夜がまだ始めてでござりやす。この秋女房に逃げられやして、それから引き続き不手まわりなことばかり多うござりやしたから、貧すりゃ鈍するとか申す通り、ふとした一時の出来心から、とんだ失礼な真似を致しやした」

おれはいくらとんちきでも、とにかく胡麻の蠅だとは思っていたから、こういう話を聞かされた時にゃ、煙管《きせる》へ煙草をつめかけたまま、呆《あき》れて物もいえなかった。が、おれは呆れただけだったが、馬子半天と若え者とは、腹を立てたの立てねえのじゃねえ。おれが止めようと思ううちに、いきなりあの野郎を引きずり倒し、

「うぬ、よくも人を莫迦《ばか》にしやがったな」

「その頬桁《ほほげた》を張りのめしてくれべい」

と喚《わめ》き立てる声の下から、火吹竹がとぶ、枡が降るよ。可哀そうに越後屋重吉は、あんなに横っ面を脹らした上へ、頭まで瘤《こぶ》だらけになりやがった。……

三

「話というのはこれっきりよ」

色の浅黒い、小肥りに肥った男は、こう一部始終を語り終えると、今まで閑却されていた、膳の上の猪口《ちょく》を取り上げた。

向こうに見える唐津様の海鼠壁《なまこかべ》には、いつか入日の光がささなくなって、掘割に臨んだ一株の葉柳にも、そろそろ暮色が濃くなってきた。と思うと三縁山増上寺の鐘の音が、静かに潮の匂いのする欄外の空気を揺《ゆす》りながら、今更のように暦の秋を二人の客の胸にしみ渡らせた。風に動いている伊予簾《いよすだれ》、御浜御殿の森の鴉《からす》の声、それから二人の間にある盃洗《はいせん》の水の冷たい光――女中の運ぶ燭台の火が、赤く火先《ほさき》を靡《なび》かせながら、梯子段の下から現れるのも、もう程がないのに相違あるまい。

小弁慶の単衣《ひとえ》を着た男は、相手が猪口をとり上げたのを見ると、さっそく徳利の尻をおさえながら、

「いや、はや、とんでもねえ話があるものだ。日本の盗人《ぬすっと》の守り本尊、私《わっち》の贔屓《ひいき》の鼠小僧を何だと思っていやがる。親分なら知らねえこと、私だったらその野郎をきっと張り倒していやしたぜ」

「何もそれほどに業《ごう》を煮やすことはねえ。あんな間抜な野郎でも、鼠小僧と名乗ったばかりに、大きな面が出来たことを思や、鼠小僧もさぞ本望だろう」

「だといって御前《おめえ》さん、そんな駈け出しの胡麻の蠅に鼠小僧の名をかたられちゃあ――」

剳青《ほりもの》のある、小柄な男は、まだいい争いたい気色《けしき》を見せたが、色の浅黒い、唐桟の半天を羽織った男は、悠々《ゆうゆう》と微笑を含みながら、

「はて、このおれが言うのだから、本望に違えねえじゃねえか。手前《てめえ》にゃまだ明かさなかったが、三年前に鼠小僧と江戸で噂が高かったのは――」

というと、猪口を控えたまま、鋭くあたりへ眼をくばって、

「この和泉屋の次郎吉のことだ」

（大正八年十二月）

鼠小僧外伝

菊池　寛

一

「ようこそ、珍しい」

と、寿乗《じゅじょう》は左手の人差し指から、彫刻刀を当てる鹿皮の指嵌《は》めを外《はず》しながら、朗《ほが》らかな微《ほほ》笑《え》みをした。

「しばらく――いつも、御健勝《ごけんしょう》で何より」

と、大田屋利兵衛は、帯刀《たいとう》を許されてから今日始めて差して出た、尺八寸の脇差しを嬉しそうに少しはきまり悪そうに、膝の脇へ置いて座った。

「まず、お目出度《めでた》い」

と寿乗はわざと両肘を張って、ちょっとお辞儀をすると、

「しこたま儲《もう》けたおまけに、帯刀御免《たいとうごめん》という。わはははは、悪くない商売だのう」

「行き、戻りと利分《りぶん》（もうけ。利得）があって、それでやめられん」

と、利兵衛も笑った。

「どうれ、どんな刀を差している？　米の目利きは出来ても、刀はわかるまい」

寿乗は手を伸ばして、利兵衛から脇差しを受け取りながら、ちらっと鍔《つば》へ目をとめると、

唇を歪《ま》げて、目を細めながら、

「師匠の目貫《めぬき》だのう、上物じゃ。鍔《つば》はわしの所からもって行った——ふむ」

と、透《す》かしてみて、

「わしの作とは思えん。もう、近ごろはこういう手彫りが——第一に眼が悪くなったし、根気というやつが続かんようになった。こんな物は若い時に限る。どうれ——中味は赤鰯《いわし》（鈍刀の異称）か。竹べら（竹の刃身。たけみつ）か」

「どうじゃ、寿命——と、見たが、当たったか」

「こりゃ」

と微笑した。利兵衛は、ぶるぶると横に顔を振って、

「これは感心、股《また》ぐぐり。お祝いの刀だからというので、わざわざ寿命作をくれたのだが、あまり切れなくてなあ」

「うむ。目貫が泣くが、まあ、よいものだ」

と頷《うなず》いて、ぱちんと鍔音《つばおと》を立てて納めた。

「ところで、今日、折り入って頼みたいことがあるので来た」

「また、若い女子がないか？　というようなことか？」

「滅相も無い。一つ、寿乗一世一代の木像を彫ってもらいたい。鍔と、目貫では後藤祐乗以来、代々日本一の折り紙がついているが、師匠は大きい物も上手なのだから」

「なるほど、木彫りか——時々慰《なぐさ》みに彫ってみるが、久しく手をかけたことが無い。ほかならぬお前さんの注文なら、一番、彫ろうか」

「かたじけない」

「何を彫るのだい」

「それは、一つ注文がある。今度、帯刀を許された御礼に、越中様へ差し上げるつもりだが、あの殿様の木像を彫ってもらえんか」

朗らかだった後藤寿乗の顔へ、急に不快な曇りの陰《かげ》ができた。しばらく黙っていたが、

「そいつは、断ろう」

と、低く、冷たく言い放った。

二

入ってきた時から機嫌がよくて明るく話した老人が、急に険悪になったから、利兵衛は白《しら》けながら、

「ふむ――どうしたえ、寿乗さん。急に――何か、癪《しゃく》にさわったのか」

「うむ」

と、寿乗は腕組みをして、

「大嫌いだ。あの屋代越中って小大名は」

「そうかねえ」

と、利兵衛は、自分の出入りして、帯刀まで許してくれた越中守を罵《ののし》られて、薄く不愉快さが湧いてきた。

「あいつめ、利兵衛さん。侍の上に立つ人間じゃないよ」

「どうして――」

「と、聞かれると、こいつぁちょっと。自慢話は――困ったのう」

と寿乗はまた明るくなって、坊主頭をつるりと撫《な》でた。

「利兵衛さん、怒ってはいけないよ」

「何を？　怒るものかね、師匠」

「じゃあ、話するがね。利兵衛さんのそのお祝い刀の寿命に、わしの鍔をつけたって、そりゃあ当たり前だ。わしの作った鍔と、師匠の作った目貫とをつける志《こころざし》はありがたいよ。

しかし、人伝《ひとづて》に聞くと越中守がだのう、大村《おおむら》加朴《かぼく》風情《ふぜい》の刀に、わしの鍔をつけているそうだが、それはわしを、いいや、この後藤家を軽蔑《けいべつ》しているよ。それもいいわさ。相手の物になったら、乞食《こじき》にくれようと、小者の木刀の鍔になろうと、それをどうこういうのではないが、その鍔の注文に来た時の口上が〝大兼光《だいかねみつ》へ嵌《は》めたいから〟と言ったのだ。利兵衛さん、大兼光と加朴と、どう思う？　わしは大兼光に負けまいと、精根《せいこん》をこめて彫ったよ。われながら見事、これならどんな大名が嵌《は》めても、どんな名刀へ嵌めても見劣りはしないと、喜んで納めたら、何といつの間にか、お気に入りの加朴の刀に嵌《はま》っているのさ。刀の目利きも、鍔の鑑定、値踏みもできないで、侍の頭に立てるかい、利兵衛さん」

「もっとも、よくわかった」

と利兵衛は頷《うなず》いた。

「寿乗さんとしては、そうであろう。なるほど、よくわかった」

「それだけでなく、今の殿は、ありゃ、魚屋の娘にできた妾腹《しょうふく》の子で、母親の悪い血を受けて女好きの上に、けちん坊だろう。面白くないよ、その代物《しろもの》の面《つら》を彫るのは――」

「そういうものかな」

と、利兵衛は俯《うつむ》いた。

「しかし、越中様は〝寿乗は名人じゃ〟といつも褒《ほ》めて御座《ござ》って――」

「そうかも知れぬ。それから後にも、よく注文がくるが、猫に小判だから、わしゃ一度も承知したことがない」

「そうであろう。わしが寿乗と心易《やす》いから、〝御礼の代わりに、寿乗作の木像を差し上げましょう〟といったら、〝それは当家の宝物になるだろう。寿乗の木彫などというものは、日本に二つとなかろう。ぜひとも、頼む〟と。――あれで、大村加朴を可愛がったり――つまり、好きだから、自分の好きな刀へ、好きな鍔を嵌めたわけで、悪気が無いというより、多少は値打ちもわかっていると、わしは思うな」

「ふむ」

「女好きの一段は、これは参った」

「はははは。お前さんへ、少し当てつけたのか」

「そういうことになるて――吝嗇《りんしょく》なのは、寿乗さん、大名というものは、どこも火の車だぜ。今度の帯刀御免《たいとうごめん》も、古い貸し金を棒引《ぼうび》きにしたからさ」

「ふふ、さては越中守御手付《おてつ》きのお古でも頂戴したからだの」

「これ、口が悪い。それほど不自由も、せんわさ」

「越中守は、あの母親の生き写しだのう。卑《いや》しくて、淫蕩《いんとう》で――」

「わかった、わかった。もうよい。では、木像のことは何とか断ろう。胸を叩いて引き受けたが、わしは寿乗さん、あんたの性質をよく知っているから。〝引き受けて行って、なぜ断られた。不埒者《ふらちもの》、切腹せい〟といわれても」

「腹を切るよ」

「寿命では、切れないよ」

「鍔で切るか」

「ははははは、いや――なあ利兵衛さん。越中守の頼みなら断るが、これはお前さんの頼みだからなあ。聞かないわけにはいくまい。一つ、彫ってみよう」

「えっ？」

「永年の朋輩《ほうばい》で、ずいぶん世話にもなったし、よく、わしを知ってくれているから、それに対して彫らねばなるまい。寿乗一世一代の作を――」

寿乗は、友情に燃えた眼で利兵衛をみた。

「かたじけない。よく無理を聞き入れてくださった。かたじけない」

利兵衛は、両手を膝に突いて、頭を下げた。

「そ、そう改まっちゃあ、いけないよ。いつまで経《た》っても、こういう性でなあ。すぐ、むらむらとして」

「木代」

と利兵衛は懐から一封の金を出して、寿乗の前へ置いた。

三

利兵衛は、龍閑町《りゅうかんちょう》の寿乗の家を出ると、待たせておいた町駕籠《まちかご》で、越中守の邸《やしき》へ急いだ。

「旦那」

と駕籠屋が、

「また、鼠小僧が入りましたってね」

「そうかい、どこへ？」

「稲葉様ですって――」

「上屋敷か」

「ええ、これで大名だけで、六軒でしょう」

「うむ。上屋敷へ入るなど、鼠小僧の忍びもうめえだろうが、押し込まれてわからねえ侍は、第一、間抜け野郎だよ。そうじゃねえか、そんなことじゃ、寝首《ねくび》を掻《か》かれたってわかるまい。やっ、とう（剣）の稽古より、三味線に凝《こ》ったり、寒稽古の代わりに女を抱いたり、町人の真似をして金儲けにあくせくしたりしているから、そんなことになるんだ」

「全くです」

「旦那、御武家が向こうから来ましたよ」

「そうかい。大きな声じゃ聞こえるか、無礼者め。——一寸から、刀を差すと、抜いてみたいのう」

「そうでしょうな」

「抜くと、斬ってみたい、吉公《きちこう》」

「なるほど」

「その威勢のいい脚さ。ちょっと、斬らしてくれんか」

吉公という先棒が振り向くと、垂《た》れの間から白刃《はくじん》が脚の近くへ突きつけられていた。

「わあ、ご冗談を——」

と飛びあがった。

「おっとっと。世の中、物騒だから気をつけな」

といって、利兵衛は刀を引っ込めた。大きな門の前で、駕籠が止まった。

屋代越中守は利兵衛の話を聞くと、

「それはよかった。あの変物《へんぶつ》め、よく承知したのう」

と脇息の上へ頰杖《ほおづえ》を突いて、

「当代の名人といえば、寿乗だろう。後藤祐乗《ごとうゆうじょう》から——十二代くらいになるか、百万石の大名でも、寿乗の木彫りは持っていまい。さっそく、明日《あした》登城して触れ回ってやろう。木像開眼、木像開き——自分の木像では、そうもいかぬか」

「〝屋代越中守様御木像《やしろえっちゅうのかみさまおんもくぞう》、近《ちこ》う寄って拝観あらせましょう〟と、大名一人ずつに拝《おが》ませることに致しましょう」

「あはははは。大村の刀ではそうもならぬが、寿乗の木像ならできるのう。しかし、よく承知したのう。幾度、使いをやっても、いつも〝もう一生彫っても、彫りきれないだけ注文が来ているから〟と申して断るが、勝手なものだの」

「時に、鼠小僧と申す盗賊が、しきりに大名方へ入りますが御用心をなさりませ」

「何さ、入りおったら、一刀両断。十五枚甲伏《かぶとぶせ》の鍛錬による加朴がある」

「もちろん、姿が見えましょうなら、真っ二つ。なれど、いつ入るか、いつ出たのか、翌朝でないとわからぬ、と申すではございませんか」

「用意の足りぬせいだ。当家へ入ったなら、必ず二つにしてみせる」

「それでは、今夜あたり――」

「今夜は参らぬ。あいつは、月に一度しか仕事をしないから、それで奉行所も持て余しているらしい。府内の者でなく、在所《ざいしょ》から出てくるのではあるまいかと、近ごろ、専《もっぱ》ら、宿々へ張り込んでおるげな」

「なるほど、信州あたりから出てきて、ちょっと入ってすぐ戻っては、そりゃ、捕まらぬ道理でございまするな」

「そう遠方でもなかろうが、八つ山、千住、新宿などは、物々しく固めておるそうだ。御城の中でも、その噂《うわさ》で一杯でのう。最初、奥平備中《おくだいらびっちゅう》へ入った時には、備中の油断からじゃと、皆がいろいろの取沙汰《とりざた》（うわさ、評判）をしたが、おいおい増えて参ったので、この頃は、備中の方から、大名で入られたのは、俺が元祖だとばかりに、入った口はどこから、どこをどう通って、どう出た、と一々講釈で、また、それをわざわざ聞きに行って、感心している人さえある。はははは」

四

後藤寿乗《じゅじょう》は、白い幅広の前掛けから畳の上まで、一杯に木屑《きくず》を散乱させながら、鑿《のみ》と小刀とで、屋代越中守の立像を、木の中から彫り出していた。側に、弟子の慶乗《けいじょう》が、大小いろいろの彫刻刀を磨いたり、目立たぬように、木屑を片付けたりしていた。

「どうじゃ、この唇は、こいつの母親そっくりの淫乱相《いんらんそう》だ」

と寿乗は大きい声で、独《ひと》りごとをいうと、じっと凝視《ぎょうし》して、

「はははは」

と笑った。

「慶乗」

と振り向きもしないで、呼びかけた。

「はい」

「毛彫《けぼ》りのような、細かい物でわかりにくいが、ここを見い。刀の技巧はちっとも出てないが、美事《みごと》に淫《みだ》らさが浮き出ているだろう。この呼吸だ。鮮やかな線を見せるより、何の技巧も無しに、私の真髄《しんずい》をあらわす、ここを心得て進まんといかん」

「はい」

と慶乗は、動作も言葉もつつましかった。寿乗は、手を叩いて、

「茶を持ってこい」

と怒鳴《どな》った。中休みだと知ると、慶乗が、

「その眼から、頬へかけて、なんとなく卑《いや》しい陰が出ております――が」

「わかるか？」

「大名らしくない――」

「さすがに慶乗――越中の性格を丸彫りにして出してやった。あいつの生活を、人間を、すっかりこの顔一つへあらわしてやった。わしが越中守のところへ行って〝いよいよ彫りにかかりますから〟と顔を眺めて、覚《おぼ》え帳《ちょう》へ写し取っていると、わしの狙《ねら》っているところが、一つひとつ、越中の胸へ当たるのであろう。だんだん不機嫌になりよったが――」

女中が、茶を持って入ってきた。

「わしの鍔《つば》を侮辱《ぶじょく》しよったから仕返しじゃ。芸のもっている力を、一つ、越中に見せてやる。茶を飲まんか」

天才的技能とともに、十分の自信と、我《わ》が儘《まま》さも持っていた寿乗は、自分の出来栄《ば》えに満足すると同時に、越中への憤懣《ふんまん》と軽蔑とが、この木像ですっかり解《と》けたのが嬉しかった。

慶乗は、木像の前から、後方から、遠く離れたり、近づいたりしながら、鍔と、目貫の金工のみをやっていた腕でも、一つの芸術境へ悟入《ごにゅう》してしまうと、こういう別物でも、こうも美事《みごと》に掘れるものかと、感嘆していた。

「明日から、これを載せる銀の台を彫りにかかるが、少し手伝ってくれ」

といって、寿乗は最後の仕上げをするために、鋭利な小刀を握って、じっと、木像の開いていない眼を見つめた。

五

「おおう、よく似ている。ふうむ、美事な物じゃ。名人だのう。うまいものだ」

と、利兵衛が白布を解《と》くと同時に、越中守の用人は、顔中を歪《ゆが》めて感心した。

「よく出来ました」

と、利兵衛は越中守の喜びを想像しながら、越中守のところへ知らせに行った取り次ぎが戻ってくるのを待っていた。

「よく出来た」

「拝見させていただきます」

と、家来の一人が、用人の背後《うしろ》へにじり寄って首を伸ばした。

「なるほど、そっくりだ」

「眉から、眼へかけて――どうだ。唇は、今にも物を仰《おお》せられそうではないか」

第二の家来も首を振って、

「名人は、名人」

とつぶやいた。廊下から、

「お通りくださいますよう」

と、取り次ぎが戻ってきた。利兵衛は、白布で木像を包むと、

「その銀の台だけで百両はかかったかの、利兵衛」

と用人が聞いた。

「ははは、まず――」

と、笑って、木像をもって立ち上がった。

「台だけ欲しいもんじゃて、わしゃ、木像はいらぬ、なあ、利兵衛」

と用人は、出ていく利兵衛へ、声をかけた。

「寿乗め、わしはここから龍閑町まで六遍《ぺん》、無駄足をした。〝一生彫っても、彫り切れぬから〟と断っておいて、利兵衛が頼むと、これだ。地獄の沙汰《さた》も金次第と申すが、名人だの、日本一だの、将軍家御用、後藤寿乗だのと威張《いば》っても、金の前にはこのざまだ。金だ、金だ、金無くて――」

と、用人は一人で喋《しゃべ》っていた。

六

「出来たか」

と越中守は、利兵衛の姿を見ると、すぐ声をかけた。越中守と並《なら》んで、宍戸《ししど》淡路守《あわじのかみ》が座っていた。

「苦しゅうない、近《ちこ》う」

と宍戸が言った。利兵衛は廊下へ手を突いていたが、声がかかったので、中へ膝行《しっこう》して座ると、

「今日は無礼を許す。こちらは、宍戸淡路守じゃ。やはり寿乗贔屓《ひいき》の仁《じん》で、寿乗の木彫りは珍しい、ぜひ見たいと一緒に来られたが、どうれ――」

と近侍《きんじ》へ顎《あご》で指図《さしず》した。一人の近侍が立ち上がって、利兵衛の前から、白布に巻かれている三尺高の木像を、二人の前へ運んできた。

「取れ」

近侍は、謹《つつし》んだ手付きと眼とで、丁寧《ていねい》に巻かれている布を取った。

「どうだ出来具合は？　よい男になっているか」

と越中守は淡路守の眺めている木像へ首を伸ばした。

「彫りも、彫った。写しも、写した。狩野《かのう》、土佐の似顔でも、この真似はできぬ。美事、美事じゃ」

と淡路守は腹の中から驚嘆した調子を出した。

「もそっと、こっちへ」

近侍は、越中守の近くへ持って行った。

「淡路よりはよい男だが、粂三郎《くめさぶろう》、業平《なりひら》よりは——」

と戯談をいいかけていた越中守は、しばらく沈黙したまま、じっと、眺めているうちに、険《けわ》しい眼をして、ちらっと利兵衛を見た。利兵衛は、いつものような小書院ではなく表書院に案内されて、見知らぬ大名を前にして、畳へ両手をついたままであった。

「横から見ても、こう、鼻の少し上向きに——いや、似せたぞ」

と淡路守が言って笑った。越中守はまだ黙っていた。

淡路守もそのほかの人々も、それは、越中守の感嘆であると考えた。しかし、越中守は、寿乗に対して、押しつけてくる怒りを感じていた。

もし寿乗が、わざわざここをあらわそうとして刻《きざ》んだものなら、彼を斬り捨ててもいいとさえ感じていた。いつも、越中守が苦にしている、母の面影《おもかげ》が、まざまざと、木像の上にあらわしてあった。

それから、自分が、時々、夜更《よふ》けに、しみじみと感じることもある、自分の醜悪《しゅうあく》さ、欠点も、木像がまざまざと見せつけているのを感じた。

越中守のそうした部分を知っているのは、彼自身と、死んだ人相見《にんそうみ》の大家、白井白翁《はくおう》と二人きりであった。白翁は越中守が妾腹《しょうふく》生まれとして、屋代家を継《つ》げるか、継げぬか、と母親とともに人相を見せに行ったときに、明白に、恐怖を感じるくらいに指摘して注意した。

「家は継げる。しかしよほど心せぬと徳望《とくぼう》に欠ける。心が狭く、大名よりも町人、それも金貸しなどの相だ」

というようなことを露骨《ろこつ》に言った。そして、それが一々、越中守の胸へ堪《こた》え、一々実現してきた。だから、越中守は白井白翁の生存を呪詛《じゅそ》していたが、彼が七十七歳で死ぬと同時に、ほっと息をついたものであった。

その白翁に対したと同じ感じが、寿乗に対して感じられてきた。顔の写しを取りに来た日、ちらっと、そういう閃《ひらめ》きを感じたが、

「鍔工《つばこう》に、人相は——」

と——今、この木像を見るまで、忘れていたが、その時に感じた不安、不快が、力強く押し上がってきて、

「寿乗め。白翁と同じように、自分の醜《みにく》さを知っている」

と、思わなければならないようであった。その好色、その貪婪《どんらん》（欲深いこと）、その吝嗇《りんしょく》（度を超えたけち）、その卑賤《ひせん》さ、すべて越中守が押し隠し、忘れようとするものと、どうにもならぬ性格とが、白翁の指《さ》した通り、

「唇に——」

「眉から、頬に——」

「眼に——」

あらわしてあった。越中守は誰も恐ろしくなかったが、ただ寿乗一人だけ、無限に、いつでも睨《にら》み合っているように感じた。

「どうした、越中——」

「うむ――」

「己《おのれ》の面《つら》に、そう惚《ほ》れ込んでは困るではないか」

「よく出来た」

越中守は自分の考えていたことを、人に知られるのを恐れた。彼は努力して、硬《かた》い微笑をしてみせた。

「恐れながら、御木像ができました由《よし》、拝見にあがりました」

と家老が出てきた。越中守は、家老が同じものを感じはしないかと、不安であった。

「ほほう、殿そっくり、よく出来ておりますな。利兵衛、御苦労。一通りの骨折りではあるまい」

「恐れ入ります」

「こうも似るものか。すっきりと御上品に、さすが日本一の名工だけのことがある」

愛妾《あいしょう》の一人から、使いが、〝見に来てもいいか〟と言ってきた。いけないとも言えなかった。越中守は、女なら看破《かんぱ》するかも知れぬと、また、不快なものが胸へ突き上げてきた。だ

が——、

「まあ——」

と妾は媚《こ》びで一杯の眼を越中守へ向けて、木像と比べながら、

「ほほほほほ、生きうつし。お渡りのない夜は、これを枕もとへ——」

「これこれ——」

と淡路守が、扇で脇息《きょうそく》を叩いた。

「御免遊《ごめんあそ》ばしませ——まあ、本当に、しんからとろりとよい男——は、お・世《せ》・辞《じ》。男らしく——」

と、妾は木像の前へぴたりと座って、長いあいだ見入っていた。

七

寿乗が一世一代の作として、珍しくも屋代越中守の木像を刻んだという噂《うわさ》は、城中一杯に、屋代の一門の隅々《すみずみ》へ、家中の人々の女房、子にまで伝わった。

「越中殿、見事なものを刻ませたげな。明日拝見に上がろう」

と二、三人の大名が言った。そしてすぐお忍《しの》び姿の馬上で、訪れてきた。一門の人々は、

「語《かた》り草《ぐさ》に拝観致しとう存じます」

と、家老や用人を通じて申し込んできた。越中守はそれを聞くたびに、不安と不快とが胸に詰まった。彼らの中に、ひょっとしたなら、白翁のように、寿乗のように、自分の醜《みにく》いところを、木像から見抜く力を持っているものが有りはしないか、という心配であった。

だが、珍重すべき寿乗の木彫りを手に入れたということに対して、不快な顔色を見せるこ

とは、かえって人々に疑いを増すことになろうと考えた越中守は、無理に嬉しい風を装《よそお》って、

「新しく家宝が一つ増えました」

というような挨拶《あいさつ》をした。そうして腹の中では、利兵衛め、ただ刻ませるなら、なぜ、女の像でも――いや、女の像を刻ませたなら、寿乗め、わしに当てつけて、どんな物をまた、刻まんとも限らない――と、考えては、憂鬱《ゆううつ》になった。

だが、誰も、寿乗の木像から、そういう物を発見する者はなかった。皆、寿乗の芸術がわかったようなことを言い、

「拙者にはどこがよいのかわからぬが、なにしろ寿乗の作だからのう。定めし、金がかかったであろう」

とか、

「この固い木を、ここまで彫りこなす腕は、金工家でないと出来ぬ。ただの仏師や木彫家では、この味はとても出せぬ」

とか。ある者は低い声で、

「ここも、お手元苦しいらしいが、よくも、こんな贅沢《ぜいたく》なことをしたものだ」

とか。なるほど、ふむと、首をやたらに振るとか、そういう人だけであった。

だが、いつ、誰が、越中守の恐れている物を発見して、寿乗を尊敬するとともに、越中守を軽蔑する者が来ないともわからなかった。そういう不安が、どうしても越中守の心を去らなかった。

「これ」

と、越中守は用人に、

「これを、蔵へ仕舞《しま》っておけ」

「お蔵へ？――それはまた――」

一日中、神経を使って、すっかり疲労していた越中守は、

「仕舞え、と申すに」

と怒鳴《どな》った。用人は平伏して、

「ただいま、箱を持参致します」

と、立ち上がりかけると、

「このまま持って参れ」

と急《せ》き立てた。用人は、なぜ越中守が不機嫌に、こういうことを、出し抜けに言い出したか、わからなかった。

「さては、人に見せるのも、惜《お》しくなったかな。手垢《てあか》でもつけられては一大事だからなあ」

と思いながら、袖の中へ包んで、近侍の一人に台を持たせて、蔵へ納めに行った。

八

「木像を拝見致したいと、ただいま藤堂和泉《とうどういずみ》様の御使者、御到来でござりまする」

と近侍《きんじ》が言ってきた。越中守は顔を険《けわ》しくしながら、しばらく黙っていたが、

「仕方がない。御待ち申し上げます、と返事いたせ」

と言って、不安を感じると同時に、こう、木像の拝見客が来ては、経済的にも堪《たま》らないと思った。

「蔵から出してきて、広書院へ飾って置け」

と命じた。そして、藤堂和泉守の御機嫌を取ることは、また、何かの役に立つだろうと考えて、不愉快な心をどうにか静めていた。

そうして、家来たちは、蔵と書院の間を、毎日毎日、行ったり来たりして、忙しがっていた。越中守は、木像から自分の醜《みにく》さを発見されることに対する不安と、御客の相伴《しょうばん》をして自分の醜さを見なければならぬ不快と、それから来客の多さからくる物入りの素晴らしい高とを考えた。

「だが、どの客も丁寧にしておけば、何かになる客だが——しかし、こう金がかかっては堪らない。と、こう考えるのを、あの寿乗めは、けちん坊だと見るであろうが、当たり前だ。もし、この客の誰もが、自分を将軍へよくいってくれなかったら——よし、よくいってくれたにしても、その効が見えなかったら、この来客費用は、結局、全部無駄というものである。それから、おまけに、もし、このために手許が不如意《ふにょい》になったとすれば、あの利兵衛から借りなくてはならぬ」

越中守は、寿乗の木像と同じように、利兵衛の顔が不快なものに見えてきた。

九

越中守は寝付かれなかった。床の間に木像はもう無いと思っても、何かしら木像の亡霊が漂《ただよ》っているように感じるし、それが自分の姿であるだけに、なお、薄気味が悪かった。

「ちえっ」

と舌打ちして、ほのかな朱骨行灯《しゅぼねあんどん》を見たが、ふっとそのとき、部屋の隅《すみ》に物の動くような、影の閃《ひらめ》きがあった。越中守はハッとした。

「木像の亡霊？――馬鹿な」

と、一瞬は恐怖し、一瞬は打ち消して、じっと瞳《ひとみ》をこらすとそこに一人の男の影があった。さすがにのんびり屋でも武士、枕元にあった刀へ手をやりながら、

「誰じゃ」

と低く咎《とが》めると、ささっと飛び起きて、布団の上へ刀とともに突っ立った。

（人を呼ぼうか？）

と思ったが、誰ともわからぬ間に、大声をあげるのは覚悟が無さすぎると思ってやめた。

影は、それに返事をしないで、するすると壁を横につたいながら、音もなく、外へ逃げようとした。その瞬間、〝鼠小僧だ〟と直感すると、

「待て！　話がある」

と、低く呼んだ。そして、すぐ、

「斬りはせぬ。入れっ、逃げると宿直《とのい》の者を呼ぶぞっ」

と、早口に言った。襖から、半分出ている影が立ち止まると、

「御免くださいまし」

と落ち着いた声で言った。越中守は布団の上へ座って、刀を置きながら、

「鼠小僧か」

「恐れ入ります。お祭しの通り、けちな泥棒でございます。そのお話って、殿様――妙に、変わったことを仰《おつしゃ》いますが――」

と、男は両膝を正しく揃えて、

「これだけは、御免くださいまし。出せる面《つら》じゃあ、ございませんから」

と頬被《ほおかむ》りの上から頭を押さえた。

「よいよい、心配するな」

と二人は、小声で言葉を交えると、

「もうちょっと、近《ちこ》う参れ」

と越中守は微笑して、枕元の高蒔絵《たかまきえ》した煙草盆の上から銀へ彫刻した長い延煙管《のべきせる》を取り上げながら、

「煙草を喫うかな」

と聞いた。

十

「へっ――いいえ」

鼠小僧は頭を幾度も下げた。

「お前は、龍閑町《りゅうかんちょう》の後藤寿乗《じゅじょう》というのを知っているか」

「存じております。お名前は――」

「そうか――あれの鍔や目貫《めぬき》を見たことがあるか」

「いいえ！　殿様、御用と、仰せられますのは？」

「用か――用と申すのは――その寿乗が作ったわしの木像が当家にある」

「大した物だと、評判に聞いております」

越中守は堪《たま》らないと思った。

「聞いているか？——実は、その木像が、当人のわしは大嫌いなのだ。見ていると胃袋が口の中へ突き上げてくるような気がする——」

「はあ——」

「不思議だが、本当だ」

「不思議でございますなあ」

「不思議だろう。だが、捨てるわけにもいかぬし、焚《た》くわけにもいかぬし、人にやるにしても、自分の木像だから、やりようもない」

「は、はあ」

と鼠小僧は、足のしびれるのを一生懸命我慢しながら、うつむいて、膝へ手を置いたままで聞いていた。

「そこで、今夜、お前の入ったのを幸い」

鼠小僧は、入ったのを幸い、という言葉がおかしくなって微笑した。

「――この木像を盗んで行って、叩きこわしてもらいたいのだ」

「それは？――」

と、鼠小僧は顔を上げて、越中守の要求のあまりに突飛《とっぴ》なのを止めようとした。

「あっしども――ええ、泥棒――と申しては何でございますが、また、下々《しもじも》の人間から見ますと、飛んでもねえ。後藤寿乗といえば、日本一の金工師だ。その寿乗の一世一代、公《く》方様《ぼうさま》でもお持ちなさるまいという御宝物を、もったいない。あっし風情《ふぜい》の手にかけて、おまけに叩き潰《つぶ》せなんて、殿さま、そりゃあよかぁござんせんよ。あっしはお止め申しやすよ。とんでもねえ」

「待て待て、そう早口に物を申すと、よく聞き取れぬ。つまり、いけないというのだな、止めるというのだな」

「へえ。第一、もったいない、罰《ばち》が当たりますよ」

「しかし、わしがこんなに頼んでもか」

「だって、だって」

「よし、盗んで行かんと申すなら、わしにも覚悟がある――」

越中守は、刀を取ると同時に、お鈴口《すずぐち》から引いてある鈴の紐《ひも》へ手をかけた。鼠小僧はあわてて両手を差し出しながら、

「ま、待ってください」

と低く呼んだ。

「盗むか」

「しかし、殿様――いえ盗まぬとは申しませんが、まあ、ちょっと待ってくださいまし、どうか――」

越中守は紐の手を離した。

「盗んで参るなら、金子《きんす》を添えてつかわす」

鼠小僧はつづけざまにお辞儀《じぎ》をしながら、頭をかいて、

「弱りましたなあ――あっしも命には換えられませんから、それじゃあ一つ、盗ませてい

ただきましょう」

「そうか、盗んでくれるか」

と、言って、越中守は刀の手を離した時、今日は蔵へ仕舞い込んでしまって、床の間に出ていないことに気がついた。そして、自分の運の悪さに、怒ってみたり、悄気《しょげ》てみたり——ちょっとがっかりしたが、

「明日の夜、もう一度、来ぬか」

と言った。

十一

鼠小僧は、だんだん低く、頭を下げていたが、もう一層低く俯《うつむ》きながら、畳へ指で字を描きつつ、

「明晩?——どうも」

と低い声でつぶやいた。越中守は黙って、どうしてこういう都合のいい日に、木像を仕舞ったのだろう、といまだに残念がっていた。

「もう一度、参れ」

鼠小僧は顔を上げた。

「こうして忍んで参りますには、寿命が一年くらい縮みます。それに、どうも——」

と、また俯いてしまった。

「どうも?——」

鼠小僧は答えなかった。

「どうした? 明晩は、都合が悪いとでもいうのか」

「へえ——殿様。どうも、何だか、おからかいになっておりますようで——明晩参ります

ところを、引き縛って——」

「何を言う? 大名は偽《いつわ》りなど申さぬぞ」

「お叱《しか》りになっちゃあ困りますが、どうもあまり意外なお言葉で。何だか――それに、もう一度と申しましても、人通りが多かったり、天気模様のこともあり、町方役人の見廻り、火の番から宿直衆《とのいしゅう》のことと、いろいろと、明晩と申しましても、いざとなると、なかなか入れるものではございません」

「よし、では入りよいように手筈《てはず》をしておいてやろう。火の番、宿直の者など、わしから申し付けておくし、それならよかろう。わしのことを疑うなら、どういうことでも聞き入れてやろう」

「はい――それでは――申し上げにくいことでございますが、手付け金として、お手許金をおいくらなりとも、ただいま御下げ渡しを願いとう存じまするが――」

「金子だけ持って参って、明晩来ないのであろう。その手は――」

「いいえ」

といって、鼠小僧はキッと越中守の顔をみた。

「盗賊仲間に、二言はございません。来ると申せば参ります」

越中守もキッと鼠小僧の顔を見た。

「たしかに、そうか」

「御念にはおよびやせん」

「よし、頼もしい奴だ。それでは、この部屋のその床の間へ飾りつけておく」

といって、越中守は手箱から小判を取り出すと、

「骨折り賃じゃ」

「ありがとうございます」

「明晩、きっと。間違えまいぞ」

「たしかに、忍んで参ります。では、夜番、夜詰めの衆をどうかお遠ざけ願います」

と言いつつ、十枚の小判をいただいて懐《ふところ》へ入れると、お辞儀をしながらじりじり後方へ下がっていたが、いつ襖《ふすま》を開けたのか、立ち上がったかと思うと、次の部屋の闇の中へ消えてしまっていた。

十二

「寿乗さん——どうも困ったよ」

と利兵衛は中腰で、茶の間の縁《えん》に腰をかけながら、茶を立てている寿乗へ話しかけた。

「何か起こったのかい」

「いやさ、何も起こりはせぬがの——このあいだ木像を持って行って以来、ひどく御機嫌が悪くてのう」

「はははは、そうかねえ」

と寿乗は、笑いながら薄茶を利兵衛へ差し出した。

「いただく——評判は大したものだし、作はよいし、何が気に入らぬのか、とくと考えてみるが、どうも解《げ》せん——腑《ふ》に落ちん」

「あれを持って行って以来というが、その時からかね」

「その時は大喜びで、利兵衛でかしたと、御城から、わざわざ淡路様まで、あれを見せに連れて戻っておきながら、木像を見ると急に、何となく、よそよそしくなされるのじゃ」

「なるほど」

と、寿乗は頷《うなず》いた。利兵衛はじっと寿乗の表情を眺めていたが、

「何か――寿乗さん、木像に――」

「木像に？」

「呪いでも――怒りなさんな、怒ってもらっては困るから――してあるんじゃないかと、家内は、木像の中に――」

「あははは、怒りはしないよ。あははは、呪いか――なるほど、そうかも知れん。わしは一世一代の作として、越中守の性質を、十分に出しておいた。よいところも、悪いところも――越中守に、それがわかったのだろう。越中守も馬鹿じゃないいて」

「というと」

と利兵衛は、解《げ》せない顔をして寿乗を見た。

「つまり、人に見られたくないところを見せつけられて――もっと砕《くだ》いていうと、我《わ》が儘《まま》、気《き》儘《まま》の殿様が〝お前は助平だよ、鏡をみろ。お前の助平さがよくあらわれているだろう〟と、面と向かって言われたようなものさ。おまけに、それが万人の前に晒《さら》されたのだから、不機嫌になるわなあ。無理はない。学問を学ぶのは憂《うれ》いを知る始めだということがあるが、なまじわかるだけに、胸を突かれたのだろう。しかし、常人以外の他人にゃ、わかりはしないよ。わしに近い芸のある人か、死んだ白翁のような人相見か、それとも大岡越前守か――お前さんだって、よく似ていると褒《ほ》めただけで、越中守の醜《みにく》いところが、ありありと出ているところまではわからなかっただろうな、ええ？」

利兵衛は、

「ふむ」

と頷いただけであった。

「お前さんは、それで越中守の御機嫌を損じて困るかも知れないが、屋代家にとってお前さんは無くてはならぬ人だ。しかし、わしの一世一代の彫刻で、後々の世まで伝わるものだ。寿乗の一代一世の木像は、こんな程度のものか、と後世の人に嗤《わら》われたくないよ。嫌なところは、嫌なところで出ているが、そんなところばかりでもない。越中は、自分のすることが気を咎《とが》めるものだから、その嫌なところばかりを眼につけて、怒っているのだろう。しかし、怒ってくれてありがたい。それでわしの値打ちもわかっただろうし、自分の戒《いまし》めにもなるし、わしも、満更《まんざら》彫刻のわからぬ大名よりも、越中の方がいい。まさに寿乗一世一代の傑作として、屋代家重宝の一つに加えてもいい作だ。作の値打ちと、自分の一人の感情とを、ごっちゃにしないようにと、よく越中に申してみな」

「なるほど、いや、よくわかった。そこまでは気がつかなんだ。よし、俺も男だ。長い友人の一代の傑作と、金儲けとをごっちゃにすまい。木像はただ一つしかないが、金儲けは、江戸中に転がっている」

朗《ほが》らかな陽が、葉々の上にさしていて、小鳥が囀《さえず》っていた。

「うむ、それでこそ、長い間の朋輩《ほうばい》だ」

「これから、寿乗さん、越中守に、わしゃ、会ってくるよ」

「それもよかろう」

十二

越中守はその朝、珍しく機嫌がよかった。女も、小姓も、近侍《きんじ》も、こんなに機嫌のいい越中守を、近ごろ見たことがなかった。

朝食を済ませて小書院から、広書院の縁側へ出た越中守は、しばらく微笑していたが、部屋の中にかしこまっている用人へ振り向くと大声で、

「木像を出してきて、余の寝所へ飾り付けておけ」

と命じた。

「心得ました」

と用人が立とうとすると、

「いや、今でない。登城してからでよい」

と、あわてて止めた。

盗まれる心配から蔵へ仕舞っておけというのか、人がいじって万一のことがあってはいけないからそういうのか、どうして木像のことをいうと、機嫌が悪くなるのか、全く見当のつかなかった家来たちは、越中守の態度が平穏《へいおん》になったらしいので、すっかり頭が軽くなって、

「十分、手落ちのないよう、守護をしておきます」

と言った。と同時に、越中守の表情が嶮《けわ》しくなって、

「何を守護する――」

「はっ、木像を――」

「黙れっ、命じもせぬのに、何を申す」

と叱りつけた。家来たちは、またわからなくなってしまった。

「守護など、せずともよい。余の寝所へ置いておけばよいのだ」

「かしこまりましてございます」

「余計な世話を焼く」

と越中守はつぶやくと、

「駕籠《かご》だ」

と言った。

十四

「利兵衛か、どうも解《げ》せぬことがあってのう。困るよ」

と、久しぶりに越中守の邸《やしき》へ伺いにきた利兵衛へ、用人が話しかけた。

「今朝も、これこれだ。とんと、わけがわからぬ」

「いや、よくわかっております。ただいま、実は、寿乗さんのところへ参りまして、その話をしたところが、寿乗さんの申すに、それは殿様が、芸術がよくおわかりになるだけに、自分の御欠点、つまり、好色とか——」

「うむ、女好き——」

「吝嗇《りんしょく》とか」

「なるほど——」

「母方の素性とか、卑《いや》しさとか——」

「母方の素性とは？」

「そうれ、貴下でもわかるまいがな。それを寿乗さんは、ちゃんとあの木像へあらわしておいたのだ」

「あれへな、どういうところだろう」

と用人がいうと、一人が、

「そう聞くと、なるほど。殿様のあの御口許《おくちもと》の片方がちょっと曲がっているのは、新参の腰元を御口説《おくど》きになる時そのままじゃ」

と笑った。

「それを、越中守様が御気がつかれたもんだから、それで御機嫌が悪くて、あの木像を見ると、御冠《おかんむり》が曲がる」

「なあるほど」

と、用人は膝《ひざ》を叩いた。

「そうかなあ」

と一人の侍が言った。

「金の話をなさる時、ちょっと眉をひそめて——よく似ている。まったく、そう聞くと、そうだ」

と一人が言った。

「しかし、これは皆様、極内《ごくない》（ここだけ）の話で他言は無用。殿様に聞こえたら、打ち首になりますぞ」

「心得た」

と用人と、用人部屋にいた二人の侍とは頷いた。遠くで「ポン、ポン」と、時計が鳴った。

「もう御下《おさ》がり時刻だ」

と用人は出ていくと、廊下で、

「お迎えの用意っ」

と叫んだ。

十五

越中守は登城姿のままで、上下《かみしも》だけを取ると、利兵衛を見出した。利兵衛が廊下で手を突くと、

「入れ、近《ちこ》う参れ」

と、すっかり前のように微笑して、特別扱いであった。利兵衛は予期と違ったので、ちょっと狼狽《ろうばい》した。

「木像の出来があまりよいので、毎日毎日、来客が多くて、大物入りじゃ。この分ではまた少し借りないと、どうにもならんらしい。あははははは」

と高声で笑った。木像を持ってきた日以来、木像のことについて、何一つ言い出したことのない越中守が、急にすっかり態度を変えているので、利兵衛は寿乗の家から決心してきた木像についての説明を、言い出すことが出来なくなってしまった。

「近ごろは儲かるかの。米だけでなく、木曾の山へも手を出したと申すではないか」

「はっ――時に、寿乗作は？」

と床の間を見ながら聞くと、

「寝間にある。見るか」

と、やはり御機嫌であった。

「御寝間に？」

と利兵衛は、全然、寿乗の解釈が当たってないような気がした。床の間へ飾っておくのも嫌な物を、自分の寝間の枕元へ置くとは？

「見て参るか、案内してやれ」

と小姓に言いつけた。利兵衛は越中守の言葉が偽《いつわ》りではなく、本当に寝間に飾ってあるのか、念のために見てみよう。しかし、寝間に飾ってあるなら、もう一度、寿乗のところへ行って、その見解を聞く必要があると思った。

「ちょっと拝見させていただきます」

と畳を滑り出ると、小姓の案内で高廊下から中二階の寝間へ行った。木像は床の間の薄暗い中に立っていた。

「寿乗の解釈が本当なら、寝間へ置くことは絶対にない。それとも、越中守が、木像に対する気持ちから解脱《げだつ》したか、木像の芸の価値が越中守の嫌忌《けんき》に打ち克《か》ったのか？――」

利兵衛は木像をじっと見ながら、考え込んでしまった。

十六

越中守は、愛妾《あいしょう》を側へ置いて酒杯《しゅはい》をあげながら、

「木像は寝間にあるの」

とまた尋《たず》ねた。

「たしかに、飾り置いてございます」

と一人が答えた。今夜のうちに木像はなくなる、と思うと越中守は全身の悪血《おけつ》が無くなるように感じた。鼠小僧に盗ませることが、いかにも名案だと考えると、こみあげてくる嬉しさを、微笑であらわして、

「どうじゃな、早枝《はやえ》」

と、一人の新参の腰元に盃を差し出した。家来の一人が、用人とちらっと目を合わせると、

俯《うつむ》いて微笑した。愛妾が、

「ほほほ、早枝、油断しなさんな」

と笑いながら、越中守の顔をみると、

「口を歪《ゆが》めて――」

とからかった。と同時に、越中守は杯を引くと、

「馬鹿っ」

と愛妾を睨《にら》みつけた。

「はい」

とあわてた愛妾は、真っ赤になって俯《うつむ》くと、すぐ、青ざめてしまった。

「何をつべこべと――」

と越中守はつぶやくと、素早く家来の顔を見渡した。

「もう、何刻になる」

「四つ（午後十時ごろ）――下《さ》がりましたでございましょうか」

「そうか、もう四つ下がりになるか」

と、普段の声になった越中守は、

「今夜、夜回りの者は、止めるがいい」

「はっ。しかし、近ごろは鼠小僧と申す者など――」

「鼠小僧？」

と越中守はその顔を眺めると、

「あれは義賊だ。大名、富豪の家へ入って、盗んだ金を貧民へ与える。または、人の困っているのを助ける。それに、盗賊仲間と申すものは、武士と同じように、義が固い」

「はっ」

「それから、宿直《とのい》の者も要《い》らぬ。余は、今夜、小書院にて寝ることにする。一同の者は、用人部屋と、大広間にいるがよい」

「それでは、御寝間の木像が――」

「わしの命令に背《そむ》くか、貴様は――」

と静かであるが、真剣に越中守は睨みつけた。

「はっ、恐れ入ります。お言葉を返すようでございますが、万一、盗賊の類など忍び入りましては――」

と用人が言うと、愛妾は、

「それでは、あまりにも庭が不用心と考えられますが、せめて、御寝間の次へ二、三人なりと、夜詰めの衆を――」

「その方どもは、それほどまでに、鼠小僧のような奴を恐れているのか？」

「恐れは致しませぬが――」

「いいや、恐れている。わしが一喝すると、鼠小僧のごとき奴は、じっと縮こまってしまうぞ」

「はっ、しかし、入られぬに越したことはございませぬ」

「夜番が十人、夜詰めが百人、詰めていたとて、あれほどの賊になれば入ろうとすれば入る。三人、四人の宿直が何になる。いっそ、何人もいない折に入った方がよいではないか――

―うむ、うむ。木像は寝間にあるのう」

「ございます」

「しかとあるの」

「ご覧になされますか」

「いいや――月丸。木像があるか、ないか、見て参れ、お前も行ってこい」

と、小姓と愛妾に言いつけた。二人が去ると、

「早枝、どうじゃ」

と、口を歪めて、じっと早枝の首をみていた。二人はすぐ戻ってきて、

「たしかにございました」

といった。

「ただいまの夜番、夜詰めどものこと、しっかと申し付けたぞ」

と越中守は、用人へきびしくいいつけた。

十七

鼠小僧は、宵《よい》のうちから邸内の樹の下にしゃがんでいた。越中守が評判の名物をなぜ盗んで行けというのか、まったくその理由を考えることが出来なかった。

（もしかしたら、近ごろの大名め、遊ぶことが無いから、俺を引っ捕まえるのは、何かあいつらの仲間内と相談でもして、一番なぐさもうっていうんじゃねえかしら）

夜番は、十時に回ったきりで回ってこなかったし、庭番の影もなく、寝所のあたりは宵の口からひっそりとしていて、ずっと離れた玄関奥近いところだけ人の声がしていた。

（大名なんて、馬鹿で酔狂《すいきょう》だから、本当かも知れねえ。どうも奴《やっこ》さんの口振りは、本当らしいや。女郎でもああうまく騙《だま》せねえ。何かこちとら素町人にゃ、わからねえわけがあるんだろう）

と、暗い庭を這《は》いながら、手探りに邸《やしき》へ近づいて行った。

（俺も、ああ約束して、入らなかったといわれては、一代の名折れだ。どうなるか、なった時のことだ。一番やっつけろ）

と、彼は身軽に廂《ひさし》へ登ると、昨夜切り取って忍び込んだ、風通しの障子窓へひらりと飛びつくと、ヤモリのようにぴったり吸いついて、しばらく寝間の中を窺《うかが》っていたが、音もなく、廊下へ降りた。そして十分あまりも人の気配を窺《うかが》ったあと、障子に穴をあけて覗《のぞ》き込むと、すぐ静かに開けて、寝間に入ってしまった。

寝間の中には、約束通りに、暗い灯《あか》りと、それから床の間に木像が、銀台の上に載せられてあった。壁に添って立つと、次の間の様子を窺っていたが、誰もいないと知ると、

「なるほど」

とつぶやいて、一つ頭を振ると、木像を右手に、銀台を左手に、

「重い」

とつぶやきながら、足音もなく廊下へ出た。そして、忍び込んだ風障子を眺めていたが、左

手の台の目方を計《はか》ると、

（ほほう、こりゃ、大した代物《しろもの》だ。銀だ）

と思った。と同時に、かたっと物音がした。鼠小僧は、両手がふさがっているので素早く、右手の木像を廊下へおくと、左手の台をしっかり小脇に抱えて、ひらりと飛びあがると、右手を風窓《かざまど》へかけて、一跳《は》ねすると登ってしまった。

（ま、廊下に立ってござれ、あばよ）

と、胸の中から木像へ言葉をかけると、ひらりと猫のごとく庭へ飛び降りると、木立の闇の中へ走り込んでしまった。

もう、うまく盗んでいってくれた時分だろうと思った越中守が、次の間から襖《ふすま》を開けてみると、木像はなくなっていた。と同時に、それを載せて置いた銀の台も無くなっていた。そしていつも、鼠小僧が忍び込んだしるしに貼って置くといわれる千社札《せんじゃふだ》のような、鼠を描いた紙札が柱にはりつけてあった。

（しまった。台は銀だ。つぶしても五十両だ。しまった——台を添えてやることはなかっ

た）

と、台ぐるみ置いておいた家来へ憤《いきどお》ってみたが、木像が無くなったのと相殺《そうさい》して、やっと自分を慰《なぐさ》めた。そして、気が軽くなると同時に、だんだん台が惜《お》しくなっていくのを、くり返しくり返し残念がりつつ、そっと小書院の方へ引き返して行った。

十八

屋代越中守は、その夜はいつになく熟睡した。半月近くも軽い憂鬱《ゆううつ》と不安の種であった木像が、巧妙に自然に、自分の傍《そば》から姿を消したことを考えると、彼はのうのうとして、手や足をのばして寝たのだった。明日になると家来どもが、鼠小僧が入ったといって、大きなさわぎをやるだろう。そのとき自分は、すまして家来の報告をきいてやろう。しかし、少しは驚いて見せないと、疑われるかも知れないぞ、そんなことを考えているうちに、彼はすやすやと眠ったのであった。

翌朝、床の中に眼がさめて、庭の笹やぶに来ているらしいメジロの声を聞いていると、あわただしい足音がして、用人が襖越しに叫んだ。

「殿様！　殿様！　おめざめでございますか」

（やっと来たな）と、思いながら、越中守は落ち着いて答えた。

「何事じゃ。苦しゅうない、襖を開けい！」

「御免！」

用人は、ころがるように入ってきた。

「何じゃ。あわただしい」

「たいへん、たいへんでございます。鼠小僧が入りました」

「いよいよ入ったか。そして……」

「殿様の秘蔵の木像……」

「盗んで行ったか」

越中守は微笑が浮かぼうとするのをやっと押さえた。

「御大切の御木像の台を盗んで参りました」

「そして、木像はどうした。木像はどうした」

「御木像は、一旦、盗みはしたものの手に余したと見え、御廊下へ残して参りました」

「鼠小僧め！」

越中守は、思わず両手の拳を握りしめた。

「御無念お察しいたします。しかし、御木像が、御無事でありましたのは、不幸中の幸いで……」

「馬鹿！　退《ひ》け」

越中守は寝衣《ねまき》のまま、小書院から寝間へかけつけて見た。〝鼠小僧来たり〟のしるしである鼠の貼り札をはった床柱のわきに、台なしにちゃんと置かれている木像は、口許《くちもと》を歪《ま》げて、越中守を嘲笑《ちょうしょう》するように笑っていた。

〈了〉

絵本　鼠小僧実記

鈴木金次郎

1　鼠吉兵衛捨て子を拾う

四海の波は静かにして、天下太平の世といえども、浜の真砂《まさご》が尽きないように盗人《ぬすびと》の数は多い。その中に、文化年中（一八〇四～一八一八）にその名も高き鼠小僧という盗賊がいた。まず、その生い立ちを語ることからはじめよう。

文化年中のころ、神田豊島町の長屋に紀伊国屋藤左衛門《きのくにやとうざえもん》という者が住んでいた。元は佐々木家の浪人であったが、実直でお世辞《せじ》の一つも言えない世渡り下手が仇《あだ》となり、次第《しだい》に落ちぶれ、いまでは職もなく女房と幼い赤子を抱え、日雇いをしてその日暮らしをしていた。

ある日の夕刻、藤左衛門は神妙な面持ちで女房に向かうと、

「どのような神の祟《たた》りなのか、いまではすっかり落ちぶれてしまい、三度の食事にも思うようにありつけない。夫婦は前世《ぜんせ》の宿命ということで諦《あきら》めもつくが、この赤子のことを思うと胸が張り裂《さ》けそうだ。

去年の夏にこの子が生まれたときは嬉しかったが、私たちと暮らしている限り、この子を待ち受けているのは不幸以外の何ものでもない。捨て子はお上《かみ》の禁制であるが、情けある人に拾われたならば、この子の幸せとなるだろう……」

と涙を流しながら語った。その手には後日、何かの手がかりになればと、誕生の年月日を書いた紙と小さな観音像を入れた守り袋が握りしめられている。

これを聞いていた女房も、貧困にあえぐこの家で路頭《ろとう》に迷わせてしまうよりは、夫の言う通りにしようと決心すると、何も知らずに母の腕のなかですやすやと眠る赤子を、藤左衛門にそっと手渡した。生き別れの悲しみに身もだえる女房の姿を見て、藤左衛門も心を乱したが、決心が揺《ゆ》らぐのを恐れ、すぐに立ち上がるとまだ肌寒い陰暦二月の夜道に出た。

藤左衛門はあてど無く歩き、ふと立派な商人の家を見つけた。そこで、

「このような立派な門構えの家に拾われれば、何不自由なく暮らせるだろう」

と思い、門前へ赤子を置くと、二、三間離れた天水桶《てんすいおけ》の陰《かげ》に身を隠し、様子をうかがっていた。赤子は寒さで目を覚ましたのか泣きはじめたが、門の中から人が出てくる気配はなかった。そこへたまたま通りかかった男が泣き声に気づき、提灯《ちょうちん》を泣き声のするほうへ向けて、

「なんとまあ、玉のような赤子を捨てるとは……。よほどの事情があってのこ

▲藤左衛門、天水桶に隠れる

とであろう。我らに子供がないから、この赤子は天からの授《さず》けものに違いない」と喜びながら拾い上げ、たいせつに抱きかかえてその場を去って行く。藤左衛門は、立派な門を構える商人の家に拾って欲しかったのだが、

「誰の子かも知れない捨て子を、喜んで拾う者であれば、悪いようにはしないだろう」

と思うと、うしろ姿に向かって深々と頭を下げ、未練を振り切るように足早に家へ帰った。

さて、赤子を拾い上げた男の名は吉兵衛。豊島町にほど近い江川町に住み「鼠《ねずみ》」のあだ名を持つ博打《ばくち》打ちの親分だった。暮らしぶりは何不自由なく、新木《しらき》で造られた格子造りの派手な座敷には、豪華《ごうか》な火鉢や壺が並んでいる。二階では常時六、七人の食客《しょっかく》が昼夜を問わず博打をして遊び、酒を楽しんでいた。

吉兵衛の女房も博打の世界では名の知れた者で、客人からは、

「姉貴《あねき》、姉貴」

と立てられていた。博徒の親分とその女房は、突然あらわれた玉のような赤子にたちまち心

を奪われた。名前を幸蔵とつけ、さっそく乳母《うば》を雇《やと》い、実子のように可愛《かわい》がった。

時は過ぎて、拾われた赤子の幸蔵は、一二歳の春を迎えた。

幸蔵は博打《ばくち》を見習い、子分たちと一緒にいろいろな賭場《とば》についていった。利口で人なつっこい幸蔵は、行く先々で評判がよかった。さらに金銀を少しも惜《お》しむことなく与えるので、名声は日を追うごとに高くなり、鼠吉兵衛の子であるから「鼠幸蔵」と言うべきであるが、まだ幼いので、いつしか幸蔵《こうぞう》が小僧《こぞう》に変じ、「鼠小僧」と呼ばれるようになった。

▲右から吉兵衛、女房、幸蔵、子分二人

鼠小僧がおごることに加え、廓《くるわ》通いを始めると、当然ながら、金回りに差し支えが出る。ある夜、金をばらまき一文無しになった鼠小僧が、一人で蔵前あたりをぶらぶら歩いていると、呉服屋の家から表戸を開けて、そっと忍び出る数人の姿を見た。鼠小僧は、

「さては、この家の手代《てだい》（使用人）たちが吉原へ遊びに出かけるのだな。手代たちが夜明け前に帰ってくるために、戸の鍵はかけていないだろう」

と察し、手代たちが出た戸をそっと開けて、家の中に忍び込んだ。大胆《だいたん》にも土蔵へ入ると揚板《あげいた》を上げ、穴蔵《あなぐら》の錠をねじ切ろうと力任せに引き回した。その物音に気がついた主人が、

「土蔵へ盗賊が入ったぞ！　皆んな、起きろ！」

と大声で叫んだので、家中の者が棒きれを手に、

「どこだ、どこだ」

と騒ぎはじめた。鼠小僧は家中が騒がしくなったのを聞きつけて、

「これは大変」

と蔵からそっと出て、中庭に身を隠した。そこへ呉服家の若者から小僧に至るまで、蔵の前へ集まってきたかと思うと、

「もしや盗賊が刃物を持っているのではないか」

というためらいから蔵を取り囲んでも、

「さあさあ、年貢の納めどきだ。おとなしく出てきやがれ」

などと大声をあげるばかりで、中へ踏み込もうとする者はいない。

家中の者が蔵へ押し寄せているので、店はもぬけの殻《から》となっている。鼠小僧は中庭から店の中へ忍び込み、店の売り上げ金の九両と五、六貫の銭《ぜに》を手拭《てぬぐ》いに包むと、入ってきた表戸から難なく外へ出た。土蔵を取り囲んだ店の者たちは鼠小僧の逃走にまったく気づかず、まだ大声を張りあげている。これが鼠小僧の盗みの手始めだった。

2　鼠小僧、大望をいだいて上方へ

鼠小僧の父親吉兵衛の食客のなかに、初次郎という者がいた。初次郎の父は諸侯の家中で、福原重左衛門といった。その昔、鼠吉兵衛は福原重左衛門に命を救われたことがあった。温厚で思慮深い父の重左衛門と違い、初次郎は二一歳という若さながら身持ち放埒《ほうらつ》で遊女通いをするだけでなく、博打《ばくち》にまで手を出して丸裸にされてしまった。金の工面《くめん》に困った初次郎は殿の御納戸金《おなんどきん》七〇両を盗み、博打で儲《もう》けて返そうとしたがその金も使いはたしてしまい、家に帰るわけにもいかず、重左衛門の縁を頼りに吉兵衛の家にかくまってもらっていたのだ。

ある日、初次郎が井戸端で水を汲《く》んでいると、見覚えのある者たち四、五人が通りかかった。初次郎は転がり込むように家の中へ隠れたが、屋敷の者たちはそれがお尋ね者の初次郎だと気がついた。男たちは玄関にまわると、

「今、この家へ初次郎という若者が走り込んだ。彼に少し用事があるので、すぐここに連れてきてもらいたい」

と言った。応待に出た者が吉兵衛にこのことを告げると、吉兵衛は顔色を変えて、

「あなた方はどちら様ですか。何か御用でもあるのですか」

と質問した。男たちは、

「われわれは探索係である。初次郎は去年、殿の御納戸金七〇両を盗み、行方《ゆくえ》不明になった者である。殿のお怒りは強く、われわれは方々《ほうぼう》を詮索《せんさく》していたところ、ついに見つけたのだ。見つけたからには引き立てねばならない。それにしても、彼の父重左衛門の胸中の苦しさはどれほどのものか。子として親を苦しめる不幸者の初次郎をすぐに出してもらおう」

と懐《ふところ》から捕り縄を出して凄《すご》んだ。吉兵衛は突然のことなので仰天《ぎょうてん》したが、

「まあまあ、お待ち下さい」

と落ち着いた声で対応した。心の中では、

「重左衛門殿に大恩を受けたこの私が、初次郎が罪人であるからといって、彼らに引き渡すわけにはいかない。このまま引き渡せば、初次郎の命は無い、それでは重左衛門殿に対して義理が立たない」

と考えをめぐらせた。吉兵衛は奥へ入り、用箪笥《ようだんす》から七〇両の金を取り出し、

「なにとぞ、これで助命を願います」

と頭を下げた。

「その金を受け取るかどうかは、私たちが決めることではない。まずは、初次郎をここへ出してもらおう。お前にも言い分があるようだから、一緒に屋敷まで来てもらいたい。話はそこで聞く。初次郎は本縄までにはおよばないが、念のため、手錠をして連れて行く」

との毅然《きぜん》とした態度に、吉兵衛は、

「ごもっともでございます」

と肩を落とすと、役人たちの前に初次郎を連れて来た。

役人たちは初次郎に手錠をおろし、吉兵衛と一緒に屋敷へ急いだ。屋敷ではすぐに白洲へ呼び出され、一通り取り調べが済んだあと、吉兵衛は、

「私、吉兵衛は初次郎の父重左衛門に大恩を受けましたので、その御恩返しにと初次郎の世話をしておりました。このような罪人とは知らず、突然今日になって事の詳細を知り、まことに驚いております。このような時こそ、父重左衛門への恩返しをするべきだと思います。初次郎が盗んだ七〇両は私からご返納いたしますので、どうかその罪を許してやっていただけませんでしょうか。そうすれば、重左衛門はもちろんのこと、私までもが有り難き次第でございます。どうか、お慈悲《じひ》をもってお聞き届けを」

と語った。このとき取り調べ係の役人磯中権太夫《いそなかごんだゆう》は、

「何やらその方にも事情があるようだな。しかし、いい加減にはできない罪であるから、金はしばらく預かっておく。そのあいだに、そなたの言い分を書面にして願い出よ」

と言う。吉兵衛は畏《かしこ》まり、書面に詳細をしたためて差し出す。権太夫は文書に目を通すと、吉兵衛に向かい、

「そなたは明日、再び呼び出すまで、家へ帰って待っているように。初次郎はひとまず繋《つな》いでおくべし」

と控《ひか》えていた役人に指図した。吉兵衛は、

「とにかく、御慈悲を願います」

と嘆願《たんがん》して家へ帰った。

翌日、吉兵衛は同道人《どうどうにん》を別に頼み、屋敷へ出向いた。白洲に呼ばれると初次郎のほかに、父親の重左衛門も控えていた。役人磯中権太夫が申し渡すには、

「初次郎の一件、大切な殿の金を奪い行方《ゆくえ》をくらませたこと、お上を軽んじるとともに、親の苦労を考えない、忠と孝の二つの道を欠いた罪である。その罪は重く、助命は叶《かな》わないところである。しかし、折しも御上《おかみ》で御法事があらせられ、さらには、吉兵衛も重左衛門の恩義に報《むく》いたいと神妙《しんみょう》に申し出た。

よって、親の重左衛門には永の御暇《おいとま》、また初次郎は門前払いの御沙汰《ごさた》である。また、吉兵

衛が差し出した金はお取りあげである。以上、有り難く御受け申せ」

というご沙汰であった。


吉兵衛は帰り道で重左衛門を待ち構え、家へ連れて帰ってその面倒をみた。しかし、重左衛門は初次郎が殿の金を奪って逃げたときからの心労がたたり、床《とこ》に伏《ふ》せてしまった。日に日に病気が重くなっていくので、心配した吉兵衛は医師を呼び、薬を取り寄せ、自分の親のように介抱《かいほう》した。父と一緒に世話になっている初次郎は、七〇両もの大金を償《つぐな》ってもらったばかりか、父の世話に心を砕く吉兵衛に、

「父は長いこと大病を患《わずら》っているので、全快することはないと思っていましたが、手厚く看病していただいたので、少しずつ回復している様子です。重ねての御恩、いつの世にか、お返しいたします」

と涙を流して礼を述べた。

この日を境《さかい》に初次郎は我が身の放蕩《ほうとう》を悔悟《かいご》して、本心に立ち帰って親の看病だけでなく、

吉兵衛の身の回りの世話までまめまめしく働いた。一時は回復したかに見えた重左衛門も、寄る年波には勝てず、病気がふたたび重くなり、ほどなくその生涯《しょうがい》を閉じた。初次郎は悲しみに深く沈み、葬儀の準備もままならないので、吉兵衛が野辺送りなどの手配をした。

さて、世の中の幸不幸はめまぐるしく変わるものである。吉兵衛の家は賑《にぎ》わい、昼夜の別なく人が入れ替わり立ち替わり、博打に酒食と全盛を誇《ほこ》っていた。

そんななかで一七歳になった幸蔵は一時《いっとき》も家に落ち着かず、遊び歩いていた。四、五日のあいだ幸蔵が家へ帰ってこなかったので、吉兵衛夫婦は、

「幸蔵は聡明な子だから、人に騙《だま》されて遠国へ行くようなことはないだろう。まさか天狗《てんぐ》などにさらわれたのではないか」

と心配した。初次郎は吉兵衛夫婦の心配する様子を見て、幸蔵を探したが手がかり一つ摑《つか》めなかった。

まさか吉兵衛夫婦がこんなにも心配しているとは露《つゆ》も知らず、幸蔵は自分一人で育ったか

のように思い、勝手気ままに遊びまわっていた。ある日、居酒屋でひとり酒を飲んでいると、近くに座っている博打《ばくち》打ちとおぼしき四、五人の客の話が耳に飛び込んできた。

「今では大坂の淀辰《よどたつ》に適《かな》う奴はいねえぜ」

「手下が四、五〇人もいるらしい」

「表向きは博打《ばくち》打ちの親分だが、実は大盗人で、厳しい詮索《せんさく》の網をどうやって切り抜けているのかは知らねえが、次から次へと大金を盗んでいるみたいだ」

などと口々に感心していた。これを聞いた幸蔵は思案した。

「遠い昔の時代では熊坂長範や石川五右衛門、近くでは日本駄右衛門、また神道徳次郎などはその名を知られる大盗人だ。俺も盗みの腕には覚えがある。乗りかかった船だ。たとえ悪名だといわれても、後世にこの名を残したい。

しかし名を残すのは並大抵《なみたいてい》のことではない。世間の金銀はこのごろ、とにかく回りがよくねえ。金持ちはますます金を集め、貧しい人々はますます貧しくなっている。金持ちが三割に対し貧乏人は七割という実に哀《あわ》れな世の中だ。それならば俺がこれから力を尽くして、無慈悲な金持ちの金を奪って、貧しい人にばらまいて安楽な世界にしてやろう。そうすれば俺の名も世に知られる。けれども、このような大仕事は、うしろ盾《だて》がなくては成就《じょうじゅ》できないだろう。幸い今聞いた淀辰《よどたつ》を頼って、その望みを果たしたうえ、派手に暮らそう」

と大胆な志《こころざし》を立てた。幸蔵は居酒屋を出ると、懐《ふところ》のわずかの金で旅の用意を調《ととの》え、

「旅費は途中で稼《かせ》げばよい」

と颯爽《さっそう》と出発した。歩き出してすぐに、

「自分の夢を叶《かな》えるためとはいえ、自分勝手な旅立ち、両親がさぞかし心配するだろう」

と思うと、立ち止まり、家の方角へ振り返り、

「いつか帰ってお詫《わ》びを申しますから、どうか許して下さい」

と伏し拝《おが》んだ。大胆不敵の幸蔵もさすがに親の情けにうしろ髪を引かれたが、心を励まして足を早めると、芝田町一丁目の角へさしかかった。

3　信濃屋の女房お松と若旦那の密会

鼠小僧（鼠幸蔵）が芝田町まで来ると、向こうから二五、六の中年増《ちゅうとしま》がやってきた。上着の小袖は結城縞《ゆうきじま》に黒七子《くろななこ》の通し半襟。下着は小紋縮緬《こもんちりめん》で、厚板《あついた》の帯をやんわりと締め、ほろ酔い加減でほんのりと桜色をした目元。生まれつき女好きの鼠小僧は、一目見ただけでこの女に釘付けになった。なにかきっかけをつくろうと跡をつけていくと、女はとある裏店《うらだな》へ入った。そこで鼠小僧は側《そば》の水茶屋へ腰掛けて休みながら、それとなく女中に、

「もし姉さん、今さっき、ここを通っていった粋《いき》な女は、近所でも評判だろうな」

と尋《たず》ねた。すると、茶屋の女は笑いながら、

「あんたも気がありますか？」

と言う。鼠小僧は笑いながら、

「気がないこともないが……誰かの女房なんですかい？」

と再び尋ねると、

「お松さんという亭主持ちでございますよ。今、ご亭主の信濃屋藤助さんが例年のことで、糸反物《いとたんもの》類を上州（群馬県）へ仕入れに行ったので、ただ一人で留守番しているのです」

と、聞いていないことまで話してくれた。鼠小僧は話を聞いて思案すると、腰から矢立《やたて》を取り出し、用意した紙へさらさらと手紙をしたため、茶代を置くと、

「大いに助かったよ」

と言い残し、水茶屋を出て御殿山や泉岳寺などを見物して、日が暮れるのを待った。

日暮れの鐘が聞こえると、先ほどの女の家を訪ねた。格子戸を開けて中へ入ると、わざと田舎訛《なま》りの言葉で、

「もし、お頼み申します」

と言うと、女房のお松があらわれた。

「はい。どこから御出《おいで》になったのですか」

と少し無愛想《ぶあいそう》にいうので、鼠小僧は会釈《えしゃく》して、

「藤助様のお宅はこちらですか。私は上州から参った者。詳細はこの手紙に」

というと、水茶屋で書いた手紙を差し出した。お松は手紙を受け取ると、

「これはこれは、お世話様です。まあ、こちらへおかけ下さい」

と形式的に煙草《たばこ》の火などをすすめた。お松が手紙を見ると、表書きには「江戸芝田町信濃屋藤助宅」とある。封を切って読むと、

この方は、毎年上州へ行ったときに、お世話になっている御方である。逗留中《とうりゅうちゅう》この

▲次郎吉とお松

方の家内にも親切にしてもらっている。このたび江戸へ出かけることになって、一日か二日の滞在の予定とのことなので、日ごろのお礼として、我が家へ泊まっていただき、私に代わって接待してもらいたい。なお、私は指を痛めてしまって代筆を頼んだ。くれぐれも粗相《そそう》のないように、よろしく頼む。

お松へ

と書いてある。手紙を読み終えたお松は、少しも疑うことなく、

「事情は大藤助の手紙でわかりました。いつも夫がお世話になっております。さあさあ、お上がりになって下さいませ」

とはじめとは打ってかわった愛想の良さに、鼠小僧は、してやったりと心の中で喜んだが、

「いいえ、ここで失礼して、これから馬喰町《ばくろちょう》に宿を取ります」

と言う。お松は無理に押しとどめ、

「そんなことをされては、私があとで夫に叱《しか》られます。とにかく、一晩だけでもお泊まり

ください。何の遠慮するにはおよびません。まずは銭湯へ行ってらしてください」

と言いながら、日和下駄《ひよりげた》などを鼠小僧に渡した。

「せっかくのご親切。そうならば御厄介《ごやっかい》になりましょう」

と風呂敷包みをお松に預けて、銭湯へ行く。お松はそのあいだに酒肴《しゅこう》の支度《したく》をし、鼠小僧が戻って座敷へ通ると、お膳を出し、

「今日はあいにく海が時化《しけ》ていて、お口に合うものがないかもしれませんが、まずはおひとつどうぞ」

と酒を差しだした。猪口《ちょこ》を手にして鼠小僧は、

「手土産さえも持ってこないのに、このように馳走《ちそう》になって恐れ入ります。これ以上お構いくださるな」

と言いながらも、その眼は酌《しゃく》をするお松の手元や顔を肴《さかな》に酒を楽しんだ。

「私だけで楽しむのでは申し訳ない。ご一緒に」

と鼠小僧が猪口《ちょこ》を差し出すと、お松も少しは飲める様子。酒を酌《く》み交《か》わすのもほどほどに、

猪口を納め、お松に飯を盛らせて十分に腹ごしらえを済ませる。お松は二階へ床を伸べ、

「さあ、お休みくださいませ」

と煙草盆なども片づけたので、鼠小僧は、仕事は夜中だと自分に言いきかせ、

「それでは、お先に」

と言って二階へ上がって布団に入った。鼠小僧が通された部屋には窓があったので、そっと下を覗《のぞ》いてみると、お松は後かたづけを済ませたらしく、布団を敷いて悠々《ゆうゆう》と煙草をくゆらしている。しばらくするとお松は床に入ったようだった。

鼠小僧が、これからどうしたものかと考えていると、真夜中すぎに入り口の戸をそっと叩く音がした。

「くせ者か？」

と鼠小僧は警戒して窓から覗《のぞ》いてみる。お松がそっと門へ近づき、外からの咳払《せきばら》いを聞いて戸を開けた。そこには頭巾で顔は見えないが一八、九歳くらいの男が立っていた。お松は男の手を取り家の中へと導く。途中で二階を指さし、泊まり客がいることを男に知らせると、

二人は階下のお松の寝床へ入り、床の中で儚《はかな》き夢を結ぶ。鼠小僧は、

「あの男は密夫《みっぷ》だな」

と察し、二階をそっと抜け出して、門から外へ出て、男が出てくるのを待ち構えた。そうとは知らないお松はまたの逢瀬《おうせ》を約束し、門から男を送り出した。男は有頂天《うちょうてん》らしく心もそぞろによろめく足下で、鼠小僧が跡をつけているのも気がつかず、いそいそと帰っていく。

4　伊勢屋の番頭内済を頼む

鼠小僧は、お松との密会を終えて帰宅する男の跡をつけていく。男が芝七曲《しばななまがり》にある土蔵造りの米屋の門口を打ち叩くと、中から門が開いて、すぐに男は中に入った。鼠小僧はつづいてそのうしろから中へ入り、玄関に着くや否や、

「さあさあ、信濃屋の間男（密夫《みっぷ》）を、この目でたしかに見届けたからには、家主へ掛け合

ってお役所へ願い出ようぞ！」

と大声でまくしたてる。すると、六〇歳ぐらいの番頭があわてて出てきた。

「お静かに願います。このような夜中に、何事ですか」

と鼠小僧をなだめようとする。

「夜が更《ふ》けようとも、明けようとも、芝田町の信濃屋の亭主が留守なのをいいことに、忍び込んだ密夫は、この家の亭主か息子かしらねえが、見つけたからには出るところへ出ようじゃないか」

とまくしたてると喜助は、

「まずはお静かに。私がお話を聞いた上で、主人と御相談いたしますから。私はこの家の番頭で喜助と申します。おわかりの通り、この家も世間に知られる米屋です。そんな噂《うわさ》がたっては、身も蓋《ふた》もない不評判でございます。さて、あなた様は信濃屋の御亭主ですか」

と尋ねる。鼠小僧は頭を振りながら、

「私は、信濃屋藤助殿に余儀なく頼まれて、上州からわざわざ来た者。その理由は他なら

ない。藤助殿は上州へ商い物の仕入れで家を空《あ》けているが、そこへ親類から手紙が届いた。手紙によると、

〝藤助殿の留守中、家内のお松殿は不貞《ふてい》の様子なので一刻も早く帰って始末をつけよ〟

とあった。しかし、肝腎要《かんじんかなめ》の仕入れ物がまだ揃《そろ》わないので帰るわけにもいかず、苦慮《くりょ》して私に頼ってきたのだ。藤助殿は、

〝まずは家の様子を見届けて、万が一お松が男狂いをしているようなことがあれば、相手は家主へ預け置き、お松をひとまず里へ帰して、私が帰るまで留守を頼む〟

と言われ、兄弟分の誼《よしみ》で請け負ってきた。昨夜、信濃屋へ泊まっていると、密夫がやってきて事を済ませると、この伊勢屋にのこのこと帰った。さあ、これから家主へ男の預かり取りにいくぞ」

と家の中に足を踏み入れようとするのを、番頭の喜助はあわてて押しとどめながら、この窮《きゅう》地《ち》を脱するために頭を回転させ、

「いやはや、若旦那の火遊びで一大事になったものだ。もし、表沙汰《おもてざた》になった時は、当人

の若旦那、また親の旦那は言うまでもなく、この番頭の喜助までもが世間の物笑いの種《たね》になるのは、火を見るよりも明らか。とにかく内々に済ませるよりほかはない」

と決断すると、そのまま帳場の引き出しから金五〇両を取り出して、

「あなた様のお話を聞き、誠《まこと》に面目ないことでございます。もしこのことが表向きになったら、御当人の勘当《かんどう》にまで発展する大騒ぎとなります。ここは一つ、あなた様が飲みこんで、丸くおさめてくださいませんか。これは私からの心ばかりの進上ものです、酒でも飲んで、なにとぞ御亭主様へは内密にしてくださいませ」

と頼み、懐《ふところ》に金をねじ込もうとする。鼠小僧は喜助の腕を押し返し、

「番頭さん、あなたの都合ばかり通そうとするが、そうはいかねえ。今ここを私が穏便《おんびん》に済ませたとしても、後日、このことが露顕《ろけん》すれば私は兄弟分の誼《よしみ》を欠き、また商い先を無くすというもの、その相談はお断りだ」

とそっけなく金を突き返した。

「なるほど、それはごもっともなこと。しかし、このような話は世間に無しというわけで

もありません。またお役所へ願い出ても、首代七両二分出せば、内々に済ませることができますが、何分世間の評判が悪くなるのは困りますので、お考え直してください」

と必死に食い下がる。奥の方から、

「喜助さん、喜助さん」

と呼ぶ声がした。喜助はその場に鼠小僧を留《とど》めて、奥へ下がった。

鼠小僧は心の中で、あの声から察するに、さては息子が呼び出したのだな、密夫代も値段が増すことになろう、とほくそ笑《え》んだ。ほどなくして喜助が戻ってきた。

「お待たせいたしました。さて、今の一件、だんだんと夜も更《ふ》け、あなた様に旅のお手間を取らせては御迷惑かと察しまして、ここに金一〇〇両を用意しました。これで事を荒立てずに済ませていただきますように、お願い申します。

これでも承知できないというならば、家主へ密夫の預かりでも何でもさせましょうが、それではあまりにも面白味《おもしろみ》がなく、互いに不評判を求めるようなものではありませんか」

と言われて、鼠小僧は秘《ひそ》かに喜び、

「番頭さんに、ここまで心を尽くしてもらって、了解しました。せっかく出されたこの一〇〇両は、たしかに私が請《う》け合いました」

と言うと一〇〇両を懐《ふところ》に入れ、

「では、さようなら番頭さん。今までのことはこれきりにしましょう」

と言い残すと伊勢屋をあとにした。


ふたたび信濃屋の裏の家へ立ち帰り、入り口の戸を叩くと、寝ていたお松は目を覚ました。また伊勢屋の息子が来たのかと、咳払《せきばら》いの合図を聞いてから入り口の戸をそっと開けると、昨夜泊まって二階に寝ているはずの上州からの客が立っていた。茫然《ぼうぜん》とするお松の様子を見て、鼠小僧は笑いながら家の中へ入り、どっかと胡座《あぐら》をかくと、

「いつの間に、などとはお前さんのことでしょう。この戸を叩くのは伊勢屋の若旦那よりほかに居るはずがない、と誰が決めたのでしょう。咳払い一つで戸を開けてもらいたくて、

私もちょっと叩いてみたまでです」

これを聞いたお松は仰天し、もしも、伊勢屋の息子との密会が夫に知られては一大事、と胸を暗くして俯《うつむ》いていると、鼠小僧はその背中を叩き、

「おかみさん、あれほどのお楽しみをしながら、いまさらふさぎ込むことがありましょうか。この私も木や石で造られたものではなし、正直にお話くだされば、そこは魚心あれば水心ありの譬《たと》え通り、上州にいる藤助殿も実はお前さんが美しいのを心配して、

〝江戸へ行くなら私の家へ寄って様子をみて、もし男狂いでもしているなら、男の家を見定め、女房はひとまず里へ返して、お前が留守番をして私の帰りを待ってくれ〟

と頼まれてきたのです。お前さんのほうも独り寝の寂しさから色狂いの深みにはまらないうちに、心を改めて明日から堅く留守を守ればよい。今私はそこで米屋の色男に掛け合って、再びこの家へ来ないように固く約束させてきました」

と話し、鼠小僧は自分の言葉をお松に飲みこませるように間を置き、また口を開いた。

「これについては、お前さんはどう思うか知らねえが、二階の窓から、一階の床の中での

お楽しみを指をくわえて見ていた、俺の身にもなってみれば、このまま二階に上がって独りで寝られるものじゃねえ。嫌かも知れねえが、夜明けまでお前と同じ布団で寝かせてもらう。そうすれば魚心あれば水心で、藤助殿へは私が何とでも繕《つくろ》っておく。たとえば、

〝お松さんは、藤助殿の帰りを一日千秋の思いで待ちわびて、日々寂しい思いをして留守を守っています〟

とか何とか、嘘で丸めて安心させるのも、この胸ひとつというものだ」

と言いながら、お松の手を引き寄せる。お松は安堵《あんど》した様子で煙草《たばこ》を一服すると、

「今となっては、何もかも隠すことができませんね。誠《まこと》にお恥ずかしい話ですが、今宵《こよい》のことは……」

と話しながら、流し目で見るお松の目元に、鼠小僧は心の中で、この煙草が三三九度の盃《さかずき》だな、と思い、気持ちよく一服して、お松の床へ転がり込んだ。

5　清兵衛の夜盗の手引きで吉岡村へ

鼠小僧は図《はか》らずも旅の途中で見初《みそ》めた女と枕を交わした翌日、出発しようとすると、お松は密夫のことを隠してもらおうと、念には念を入れて金一〇両を、

「餞別《せんべつ》です」

と差し出した。鼠小僧はお松の体だけでなく、金も手に入れるという棚《たな》から牡丹餅《ぼたもち》で、頬《ほお》がゆるむのを我慢し、名残《なごり》を惜《お》しみつつ金を受け取ると、

「藤助殿には、私の一存で波風が立たないようにしておきましょう」

とお松を安心させて旅立った。

思いもよらず大坂への旅費を手に入れることができ、まずよかったと喜び、昨夜のことを

思い出して、笑いながら六郷の渡しを越えて川崎の宿を過ぎたころ、うしろから声をあげて、

「若旦那、若旦那」

と呼びかけるものがあった。振り返ってみたが、その声の主に見覚えがなかったので、

「きっと親父《おやじ》の博打《ばくち》仲間であろう」

と思い、当たり障《さわ》り無く、

「私は伊勢へ抜け参り（父母や主人の許可を得ずに家を抜け出て、伊勢参りすること）するところですので、道連れにはできませんよ」

とあいさつすると、男は、

「私も尾州《びしゅう》の名古屋まで用事があって参ります。一人歩きに飽《あ》きてしまったので、失礼ながらお呼び留めさせていただきました。ご一緒にお連れくだされば この上なく幸いです」

と言うので、そこから同道することにした。早くも神奈川に着き、昼食をとろうと二人で飯屋に入り、二階へあがった。男は店の女に馴《な》れ馴れしく話かけ、いかにも怪《あや》しかった。店の

女に相手にされなくなると、男は鼠小僧に向かって、

「旦那、ここでゆっくりと支度《したく》をされてはいかがでしょう。これから先は新町で戸塚まではまだ二里もあります。

この戸塚というのはその昔、盗賊が多くて至る所へ押し入り、また旅人を悩ましておりました。ある夜、夫婦の旅人を殺したところ、夫婦は霊鬼《れいき》となり、毎夜泣き叫び、捕り手に事の詳細を物語りました。そこで捕り手は一〇人の盗賊を召し捕り、処刑しました。その亡骸《なきがら》を葬《ほうむ》ったところから十塚（戸塚は後の当て字）というようになったのです」

などと、聞いてもいない蘊蓄《うんちく》を休みなく話しつづけた。そこへ酒と肴《さかな》が揃《そろ》ったので、茶屋の女に酌《しゃく》を取らせると、男は大いに酩酊《めいてい》した。時を見計らって男が小便に行くふりをして、二階から降りようとするので、鼠小僧も一緒に降りると男は、しまったと思いながらも知らん顔をして小用を足し、また二階へ上がった。酒と肴を追加すると、鼠小僧が、

「あんたの名は」

と問いかけた。

「私は清兵衛と申します。さて、あなたのお名前は」

と尋ねるので、

「次郎吉（以下鼠小僧から次郎吉へ名前変更）と申すもの。こうやって名乗りあった上は、互いに心おきなく飲もう」

と盃《さかずき》を回した。清兵衛は見れば見るほど不審な奴なので次郎吉は、

「ひとつ肝を冷やして、その本性を暴《あば》いてやろう」

と懐から小判一枚を取り出すと、

「失礼ながら、草鞋銭《わらじせん》にでもしてください」

と清兵衛の前に差し置いた。そして多くの女中にも聞こえるように、わざと紙入れを振ってザクザクと小判の音を鳴らした。これを見た清兵衛は驚いたが、知らん顔を決めこんで、

「お志《こころざし》は有り難いが、お伊勢様へ抜け参りの身であれば、物入りであるはず。この金はお返しする。江戸っ子の気性《きしょう》では、伊勢に行くときには奢《おご》りちらして、帰り道では柄杓《ひしゃく》を振ってようやくの思いで帰ることになりがち。まずはこの金をお納めください」

と言うと、次郎吉は笑い飛ばして、

「一両ぐらいでは不足というのか。それならば、そっと打ち明けてくれれば、一〇両でも二〇両でも欲しいだけ渡すというもの。金のなる樹は持たないが、心を合わせれば一生安楽。お前もただの鼠《ねずみ》じゃないだろう、と睨《にら》んだこの眼は当たらなくても、打ち明けて話すからには否《いや》でも応《おう》でも俺の味方だ。まあ一杯」

と言われて清兵衛は、目を丸くして次郎吉の顔を見つめた。

「その眼力、俺と少しも違わない。何を隠そうこの俺は、この街道の胡麻《ごま》の蠅《はえ》（旅人を装って、旅人を騙して金品を盗む盗賊）だが、お前がまさかそのような……」

という口を押さえて、次郎吉はより一層声を低くして、

「それならば話は早い。力を合わせて一仕事しよう。このあたりに大家《たいか》はあるのか」

と尋ねると、清兵衛は頷《うなず》き、

「これより先、三州《さんしゅう》岡崎の吉岡村に新田の太郎左衛門という大百姓があり、我らの仲間で日ごろからつけねらっているが、ことのほか用心が厳しくてなかなか手出しができず、宝の

山を目の前にして空しく眺めるばかり。きっと四、五万両の金があるはずだ」

と。この話を聞いた次郎吉は大いに喜び、

「それならば一緒に一儲《ひともう》けしよう。うまくいったら山分けだ」

と浮かれるのとは対照的に、清兵衛が真面目な顔で、

「用心が厳しい家なので、盗み損なっては一大事。俺の手下に文吉という気の利《き》く者がいるので、これを使えば万が一の時の役に立つ。仲間に加えてはどうだろう」

というのを次郎吉は承知した。さっそく文吉を呼んでくると、初対面のあいさつもそこそこに、手筈《てはず》を打ち合わせて三人で出発した。


数日後、三州岡崎宿に着き、矢作《やはぎ》の橋を渡り、右へ曲がり、乾《いぬい》を目指して四、五里ほど進むと吉岡村に着いた。目的の太郎左衛門の家を見ると、田舎《いなか》には似つかないほど立派な門構え。三人はあちらこちらから家を見て、忍び込む手順を決めた。そこで来た道を戻り、ひとまず旅籠《はたご》を取って、三人は湯に入り食事をしているうちに、時刻もよい頃合いになったの

で、宿へは領主の医師に知己《ちき》がいるので対面してくると言いつくろい、三人揃《そろ》って吉岡村へ向かった。村へ着いた頃には村全体が寝静まり、ひっそりとしていた。

三人は板塀を乗り越えると家の庭に降り立ち、蔵の前へ着く。側に竹梯子《はしご》があったのを幸いに、取り外すと蔵のひさしに掛けて、まずは次郎吉が登って蔵の窓の筋金を二、三本引き抜いて中へ入る。そのあとに二人もつづいた。用意していた蠟燭を取り出し、二階から降りてみると、千両箱がうずたかく積み上げられていた。次郎吉は

▲三人して倉に入る

清兵衛と文吉に二つずつ背負わせているあいだに、自分は三〇〇両ばかり箱から出して胴巻きに納め、入ってきた窓から逃げ出した。

清兵衛と文吉は欲に目が眩《くら》み、千両箱二つを背負《せお》ったまま、窓から出ようとするが、どうにも通れないのでどうしたものかと狼狽《うろた》えていると、人の声とともに提灯《ちょうちん》の明かりが蔵に近づいてくるので、ますます焦《あせ》って窓から首は出ても体は出せず、あわてて箱を外そうとしてもきつく体にしばっているので、なかなかほどけない。そうしているうちにも人の声はどんどん増える。法螺貝《ほらがい》を吹き太鼓を打ち鳴らしはじめると、村中の人が集まってきて、蔵の中に押し入って、ついに清兵衛と文吉の二人を生け捕りにした。この光景に驚いた次郎吉はその場を逃れ、ようやくの思いで街道まで逃げ延びると、矢作の橋を左に見て池鯉鮒宿で一息ついて、あの二山村の古歌のように、

玉くしげ二山村のほのぼのと
　明けゆくすへは浪路ありけり

次郎吉はここで夜を明かしながら、清兵衛と文吉はどうなったのだろうかと思ったが、い

まさらそれを知ることもできないので、並木を越えて、朝支度をしている飯屋を見つけると、酒食を頼んだ。そばにいた二、三人の話に耳を傾けると、

「太郎左衛門の家に盗賊三人が忍び入り、四千三〇〇両ばかり盗んだが、二人はすぐに召し捕られ、一人だけ逃げのびた、という。詮索《せんさく》の手が厳しいので、逃げた一人も数日のうちに召し捕られるだろう」

ということだった。この話を聞いては長居もできず、こそこそと店を出て熱田に至り、日も西に傾くころ、とある宿屋に着いた。

6　次郎吉、宿の娘に求愛する

次郎吉は熱田の宿に泊まり、ふと目に付いたのは宿家の娘か下女なのかわからないが、容顔美しくとても可愛い娘だった。元来、好色の次郎吉なのでたちまち心が動いて、娘に名前

を聞けば、「吉」と言い、この家の娘であるとわかった。この話をきっかけに酒を飲みながら誘ってみると、思いのほか容易に承知したので、後での再会を約束して寝床に入った。

真夜中になると、約束通りお吉は次郎吉の床へやってきたので契《ちぎ》りを交わした。そのあと枕を並べてさまざまな物語をするうちに、ちかごろお吉に婿《むこ》を取る話が持ち上がっているが、その相手が気に入らないという話になった。そこでお吉は真面目《まじめ》な顔になると、

「今宵《こよい》の私の挙動、実はあなたを見込んでお願いがあってのことです……。どこでもいいので私を連れて行ってください」

と涙ながらに語るので、さすがの次郎吉も愛着の絆《きずな》にほだされたが、すぐに返事もできずにいた。やがて口を開くと、

「俺は用事があって大坂に行く身だが、こうなったからには何とかしよう。大坂では是非《ぜひ》ともやらねばならない用事がある。その用事を済ませたならば、どこへでも連れて行こう。それほど日数も長くはかからないから、まずそれまでは辛抱《しんぼう》してくれないか」

と言えば、お吉は打ち喜んで固く約束した。やがて夜も明け、次郎吉は起きて朝飯を食べる

と、出発した。

7　次郎吉の病気と善行

次郎吉はお吉の家を出発すると、桑名をすぎて次の宿を目指した。歩いていると昨夜の酒食のせいか、しきりに胸が痛んだ。とうとう歩くのも困難になったので、並木の下へ横になったが、とにかく痛みが強いので心細くなってきた。あたりを見回しても茶屋のひとつも見当たらない。じっとしていても回復しそうもないので、痛みを堪《こら》えて先へ進むと、小さな藁《わら》葺《ぶ》きの家が目に入ってきた。ここで少し休ませて貰《もら》おうと戸口に立つと、

「私は旅の者ですが、急に胸が痛んで難儀しております。しばらくのあいだこちらで休ませてください」

と声をかけた。すると、家の中から一三、四歳の可愛らしい娘が出てきた。

「それはさぞかし難儀《なんぎ》なことで、さあ、こちらへあがって休んでください」

といって、湯を沸《わ》かして次郎吉に差し出した。次郎吉は喜んで上がると、旅の用意に持参していた薬を飲み、しばらくのあいだ横になった。しばらくすると痛みも治《おさ》まり、

「おかげさまで良くなってきました」

と礼を述べながら、家の中の様子を見ると、壁は落ち、屋根は破れて、いかにも貧しくみえた。娘の回りで弟が遊んでいるほかに、誰も見当たらないが、奥の隅には筵《むしろ》の屏風《びょうぶ》が立ててあり、その中では誰かが寝ている様子。不審に思った次郎吉は娘に、

「病人でもいるのか」

と尋ねると、娘は涙をうかべながら、

「あちらに臥《ふ》すのは私の父ですが、長く病気を患《わずら》い、明日をも知れぬ露《つゆ》の命《いのち》。母は四年前に私と八歳になる弟を残して亡くなり、今は私一人で父の看病と弟の養育をしております。村の人々も不憫《ふびん》と思って、厚い慈悲《じひ》をいただいていますが、その日に食べるものにも苦労する毎日。医者が言うには、

〝父上は長く患《わずら》っているので、とても回復しないだろう〟

と言っております。けれども、ほかの医師によれば、

〝人参というものを飲ませれば、回復するだろう〟

と教えてもらいましたが、人参は高価なものなので手に入れることもできません。この窮《きゅう》地《ち》を脱するために村の人々は私に、

〝勤め奉公に出るのがよいだろう〟

といって、このあいだから奉公先を探してくれて、今日はその相談が調《ととの》い、お金を持ってくることになっています。今日限りのこの体、あとは八歳の弟に父の看病は覚束《おぼつか》なく、誠《まこと》に悲しいことでございます」

と声をあげて泣く姿に、次郎吉も思わず目に涙を浮かべた。次郎吉は涙を袖で拭《ぬぐ》うと、

「世間には、このように不幸な人もあるものなのか。私も不思議な縁でこの家に厄介《やっかい》になり、胸の痛みが治まった。これも何かの因縁《いんねん》で、袖《そで》振《ふ》れ合うも他生《たしょう》の縁《えん》。お前の孝行に感心したので、これは少しだけれど、ほんのお礼の印《しるし》まで」

と懐《ふところ》をさぐって、三両の金を取り出して娘に与えた。娘は飛びあがらんばかりに驚いて、

「思いも寄らぬお情《なさ》けを、見ず知らずのお方に受けましては、誠に御礼の申しようもございません」

と嬉し涙を流した。次郎吉は照れくさそうに、

「なんのこれしきの、礼におよぶものでもありません。早く温かいものでも買ってきて、病人に食べさせなさい」

と言うと、娘は顔を明るくして、次郎吉と弟に留守を頼んで出ていった。


次郎吉は八歳の子ども相手に話すことも思いつかないので、煙草を吸っていると、三〇歳前後の男が訪ねてきた。次郎吉は、

「娘さんは買い物へ出ていますよ」

と言うと、男は、

「私は近郷の者ですが、ここの村人が相談の上、この家の娘を勤め奉公に出す相談が決ま

ったので、その金を持ってきました」

と言った。次郎吉は、

「それはそれは、ご親切に有り難うございます。私はこの家の遠縁の者。このように難渋《なんじゅう》していることは手紙で聞きおよんでいましたが、日々の仕事に忙殺《ぼうさつ》されてなかなか来ることができませんでした。ようやくの思いで今日ここへやって来ましたところ、この寒いのに娘はまだ単衣物《ひとえもの》を着ている様子なので、古着でもいいから調《ととの》えてきなさいと、たったいま外へ出したところです。そのうち帰ってくることでしょう。

私が来たからには、娘を売る必要はありません。皆様のお世話有り難く存じます。これは甚《はなは》だわずかではございますが、御肴《おさかな》でも召し上がってください」

と言って二分金を紙に包んで差し出した。男は包みを受け取り、懐へ入れながら、

「そんなこととは知りませんでした。それならば身代金《みのしろきん》も先方へお返しします」

と言って帰った。盗人の次郎吉も、その本性は善である。人を助ける善行は、自分が犯した罪のほんの少しの償《つぐな》いである。

8　極印付きの小判と宿の亭主

貧家の娘は次郎吉に金をもらったので、天の助けと喜んですぐに街道へ出て、人参一両目を買うと、古着店に向かい病人に小夜着一つ、弟の太郎へ布子一枚を買い求めた。自分は質に入れてあった母の手織り布子を請《う》け出すと、米・味噌・醤油・豆腐などを買い求めてから家に帰った。娘が次郎吉にお礼を述べ、膳をすすめると、次郎吉は照れくさそうに、

「私は先を急ぐ旅の者だから、長居はできないのだ。これからも弟の面倒をみて、病気の父を看病してくれ。さきほど、お前が話していた勤め奉公の件で、使いの者がきて身代金を持参したが、

〝実は私はこの家の遠縁の者で、この家の親の病気のことをたびたび聞いていたけれども、商売が忙しくて今日まで来られなかった。私が来たからには、もはや娘を売る必要はない。

これまでのさまざまなご親切の御礼にと、わずかながら金子二分を与えて、先方へ断りをお願いします〟

と伝えた。これからは何かと金子が必要になるだろうから、まずは二〇両だけ差し上げよう。これで質に入れたものを請け戻し、暮らしの道を立てて親の病気を治してやるがよい。それにしてもお前は年端《としは》もゆかぬのだから、親切な人を頼って暮らすがよい」

と二〇両を娘の前へ差し出した。娘は次郎吉の申し出に喜ぶこと限りなく、

「どのような因縁で、ここまでご親切にしてくださるのでしょうか。御礼の申し上げようもございません。おっしゃる通りにいたします」

と涙を流して金を受け取った。その姿を満足そうに眺《なが》めると、

「私はまた旅の帰りにこちらへ寄って様子を見に来る。何事も親切な人に頼んで、病人を大切に看病するのが大事。急ぎの旅なので、これで失礼する」

と言って立ち上がったので、娘は別れを惜《お》しんで次郎吉の袖にすがって、お礼の言葉を言おうとしてもなかなか言葉にならない。次郎吉は袖を振り払い「さらば」というと家を出た。

娘は次郎吉の姿が見えなくなるまで、家の前で伏し拝み見送っていた。

次郎吉は、図《はか》らずも罪滅《つみほろ》ぼしをしたな、と独《ひと》り言《ごと》をつぶやきながら、数日もしないうちに大阪に到着した。右も左も分からない次郎吉は、ひときわ大きな宿屋に入った。湯浴《ゆあ》みも済んで酒肴《しゅこう》など取り寄せて、宿女を呼ぶと、

「さて、私はしばらくのあいだこの家に逗留《とうりゅう》するつもりだ。そこで宿の亭主に面会して頼みたいことがあるので、ちょっとここへ呼んでくれ」

と頼むと、しばらくしてから亭主が部屋へ入ってきた。

「何か御用ですか」

と問う亭主に、次郎吉は、

「まずは一杯」

と酒を差すと、

「お呼びだてしたのは、少々折り入って、頼み事があってのことです。私はことのほか酒

が好物なので、先ほど用意してもらった酒だけでは足りないので、さらに二、三升取り寄せていただきたい。それとあわせて何か珍しい肴《さかな》があれば添えてもらいたい。とにかく酒がなくては話も面白くありませんから」

と言うと、胴巻きから小判を一枚取り出して、

「これで頼みます」

と亭主に渡した。亭主は小判を受け取りながら、ふと眺めると、これは数日前に三州岡崎在吉岡村の百姓太郎左衛門の蔵から盗まれたトの字の極印《ごくいん》付きの小判であった。亭主は次郎吉に向き直ると、小判を目の前に置き、

「金は悪くはございませんが、少々見分けがつきませんので、お取り替えください」

といった。次郎吉は小判のトの字の印に気づかず、胴巻きからさらに一枚出すと、またもや同じトの字の印。亭主は、こいつが吉岡村から逃げた盗賊に間違いない、と心の中で確信すると、素知《そし》らぬ顔で一両の小判を持ち出し、

「ご希望の品は、ただいま持って参ります」

と部屋を出た。二階から降りてゆく亭主の素振《そぶ》りには、油断のならないものがあった。

9　次郎吉、宿の主人と淀辰を訪ねる

次郎吉が望んだ酒肴が揃《そろ》うと、亭主を呼んで四方山話《よもやまばなし》をした。場がひとしきり盛り上がると、次郎吉は声を潜《ひそ》めて、亭主を近くへ呼んだ。

「あなたをお招きしたのは他でもない、この地に淀屋《よどや》辰五郎という方がいると聞いております。私はその人に面会して話したいことがあるので、わざわざ大坂までやって来たのです。あなたはその人を知っていますか。もし知っているなら紹介していただきたく、誠《まこと》に勝手ながらお招きしたのです」

この次郎吉の言葉に、亭主はますます不審の色を濃くしたが、素知らぬふりをして、

「何の御用かは知りませんが、この地で淀辰《よどたつ》といえば有名ですが、誰もその顔を見た者は

いません。どんな御用なのでしょうか」

と問う。次郎吉は頷《うなず》いて、

「これといった用事はないのですが、高名な親分なので、一通りお目にかかって、お話をしてみたいのです。知っているならば、どうか紹介してください」

と次郎吉が必死に頼むので、亭主は感心して、

「それは容易なことではありませんが、私は直接知らないので、その筋の人に問い合わせてみましょう。この地は博打《ばくち》が流行《はや》っているので、今から私と一緒に賭場《とば》へ出かければ、淀辰の家に出入りする人も多くいるはずで、何か手がかりになるかもしれません」

と聞いた次郎吉は、喜んで支度《したく》をととのえた。

次郎吉の支度ができると亭主と二人で宿を出て、一里あまり進むと大きな川にぶつかった。岸を打つ水音は物凄《ものすご》く、舟で向こう岸へ渡り、平山を越えて生い茂った並木のあたりを歩いていると、木陰《こかげ》から大脇差しを帯《お》びた大男があらわれた。次郎吉はぎょっとして、

「やるならやるぞ」

と身構えていると、その大男は次郎吉には見向きもせず、亭主に向かって、

「親分、いつもの刻限《こくげん》よりは、お早いことでございます」

と言うと、亭主は笑みを浮かべながら、

「いや、そのはずだ。今宵《こよい》は珍しい客人があって、ここまで連れてきたのだ。なにか良い獲物《えもの》でもあるのか」

と問えば、

「親分、まだ一匹も獲物はございません。これから何か良い獲物をお持ちします」

と言って立ち去ろうとする大男を、亭主は呼び止めると、

「今夜は少し用事で、いつものところへは行けない。夜が明けたら、みんなで家に来い」

と言った。大男は、

「承知しました」

と言うと気配を消して夜の闇に消えた。それを見ていた次郎吉は茫然《ぼうぜん》と立ちつくしていた。

10　淀辰の正体

亭主はにっこりと笑うと、次郎吉に向かって、

「驚いたであろう。実は私が淀辰だ。宿屋で話そうと思ったが、壁に耳あることを恐れ、わざわざここまで連れてきたのだ。私が打ち明けたのだから、お前も隠さずに物語せよ」

と言われた次郎吉はびっくり仰天《ぎょうてん》。

「それならあなたが淀辰の親分ですか。そうとは知らずに、これまでの無礼は平《ひら》にお許しください。私は何を隠そう、江戸生まれの次郎吉という世間知らずの小盗賊。これよりは何分《なにぶん》にもよろしくお願いいたします」

と言えば、淀辰は心の中で、やはり盗賊か、と思いながら、

「それならば、お前が、岡崎在の吉岡村の太郎左衛門の蔵へ忍び込んで、三〇〇両を盗ん

だ盗賊だな。なぜ分かったかというと、今朝お前が懐から出した小判には、この前お達しがあった極印がついていたのだ。太郎左衛門の家に三人で忍び込み、四千三〇〇両を盗んだが、二人はその場で召し捕られ、四千両は取り戻した、という。あとの一人は逃げ去って、三〇〇両紛失したと厳しい詮議《せんぎ》がある。その一人とはお前のことであろうな」

というと、次郎吉は頭をかきながら、

「親分の眼力、恐れ入りました。お察しの通り、その盗賊とはこの次郎吉でございます」

「しかし、お前は大胆にも人を欺《あざむ》き、そのうえに二人の者をたぶらかし、二千両ずつの箱をその背中へ括《くく》りつけ、自分はわずか三〇〇両を手軽に胴巻きへ包み込み、首尾よくいったら山分け、失敗しても三〇〇両は手にはいるという計算は、天晴《あっぱ》れな働きだ」

「恐れ入ります。しかしながら詮議は厳しく、一時はどうなることかと思いましたが、縁尽きることなく、こうして親分様に会うことができました」

「さて、俺を慕《した》ってはるばると、江戸から来たのはどういうわけだ」

と問われた次郎吉は、

「江戸表の、淀辰といえば舌を振るって恐れる者なし、という噂《うわさ》を聞いて、私は、なにがなんでもこの人に会って、本願を打ち明かしたいと思い立ちました。

それというのも、近来、とにかく景気が悪いので、世の中の金銀を平均にして貧富の差をならし、その上で私も十分に贅沢《ぜいたく》がしたい。それならば、有徳の者の金銀を多く盗もうとお思いましたが、江戸ではそれほど多くの金を取り出すことは難しい。そこで伝え聞くには大坂は金の集まるところ、そうであればこの地に進出して一働《ひとばたら》きしようと思いました。しかし、もともと土地に不案内なので、淀辰の名前を頼りに、はるばる江戸からやってきました。出会えたからには、今日から親分とお慕《した》い申し上げます」

と言うのを聞いた淀辰は喜び、

「それは面白い。俺の手下にはさっきのようなやつが三、四〇人ほどいる。しかし、人の浮き沈みはわからないものだ。俺の名が江戸にまで通っているとは露《つゆ》ほども思わなかった。はるばると訪ねてきたお前を心底頼もしく、かたじけなく思う。人は持ちつ持たれつのことであれば、いつか俺も江戸へ行って、お前の厄介《やっかい》になることがあるかもしれない。まずは今宵《こよい》、大坂の手始めに手引きをするから、当座の金儲けにするがよい」

と言うと、次郎吉は、

「どうぞ、よろしく頼みます」

と喜んだ。淀辰は満足そうに頷《うなず》くと、

「まず、俺の言う通りにしろ」

と言った。さらに、懐から何か取り出すと、

「両眼を固く閉じて、これを胸の前で強く握《にぎ》りしめていろ」

と、次郎吉に小さな包みを渡した。つづいて、

「俺が〝よし〟と言うまで眼を開けてはいかんぞ」

と釘を刺し、次郎吉の手を取って二、三歩歩くと、突然、三味線や太鼓の音が鳴りひびき、
女の声まで聞こえてきた。そこで淀辰は、

「それでは眼を開いてみよ」

というので次郎吉は眼を開けると、あちらこちらに提灯《ちょうちん》が灯《とも》り、唄《うた》い舞う人で賑《にぎ》わってい

て、不夜城かと疑った。次郎吉が立ちつくしてあたりを見物しても、誰一人としてそれを咎《とが》める者はいない。次に、淀辰はふたたび次郎吉に眼を閉じさせた。

「眼を開けてもいいぞ」

と言われ次郎吉が眼を開けると、今度は蔵の中にいた。それもただの蔵ではなく、その両側には金の入った千両箱が隙間《すきま》なく積み重ねられていた。次郎吉はその光景に呆《あき》れ、

「なるほど、噂《うわさ》通り大坂は金がたくさんあるところだ。どれ、一箱もらっておこう」

と箱に手を伸ばすと、突然闇に包まれ、一寸《いっすん》先さえも見えない。闇の中で先ほど目に映じた千両箱を取ろうと手を伸ばし、足を踏み出すと、

「うわああ！」

と足を踏み外し、底も分からないほどの穴に真っ逆さまに落ちた。気がつくと、目の前には淀辰がいて、

「どうだ、首尾《しゅび》よくいったか」

と笑いながら尋ねる。次郎吉は夢から覚めたように茫然《ぼうぜん》としたまま、口もきけないので、淀

辰は声を出して笑い、

「これしきのことで、驚くこともあるまい」

と言った。次郎吉は肝《きも》を冷やし、さては妙術にでもかけられてしまったか、などと考えをめぐらせると、意を決して、

「どうか私にその妙術を教えてください」

と願い出た。淀辰は驚きもせず、

「そう言うと思っていた。しかしながら、この術を会得《えとく》するのは容易なことではないぞ。

▲淀辰親分の妙術

というのも、ひとたび会得すれば、女の肌に触れるだけで死んでしまうのだ。そこでこのお守りを与えよう。よく信心してこの術を会得《えとく》すれば、その身を軽くし、鼠のように駆け歩くこと自由自在だ。このお守りは肌身離さず身につけておけ。術はそのうち教えてやる」

と一つのお守りを与えた。次郎吉は小躍《こおど》りして喜び、ひたすらお礼を述べた。淀辰は、

「大坂は金の集まるところとはいえ、守りが堅く、そう簡単には盗めない土地柄だ。俺の手下でも二、三〇〇両の金を盗むことはごく稀《まれ》なことだ。気長に丹誠《たんせい》して働くことだ。まず今夜はこれきりにして、家に帰って休息しよう」

と二人で宿屋へ帰った。

11　白髪の老人に夢告を受ける

宿へ戻った次郎吉は、思いのほかくたびれていたので、好きな酒も飲まず寝てしまった。

ほどなくして、夢か幻《まぼろし》かわからないままに、手に鳩の杖を持った白髪の老人があらわれ、

「我は汝《なんじ》の産神《うぶがみ》なり。汝《なんじ》は悪逆に増長し、その上このたび生まれた土地を離れて淀屋辰五郎に随身《ずいしん》したこと大凶なり。近いうちに命を落とすであろう。しかし、人を助けたことがあるので、その徳によって今回の危難は避《さ》けられた。一刻も早くこの地から退《しりぞ》け」

と声高らかに語りかけたかと思うと、老人は忽然《こつぜん》と姿を消した。

目を覚ました次郎吉は辺りを見回したが誰もいない。不思議に思って布団の上に座ると、淀辰に昨夜の妙術を教えてもらおうとしていたのに、夢の老人は、大凶だから早くこの地を去れ、という。大坂を去るのはとても残念なことだ。しかし、命あっての物種《ものだね》。どうしたものか、と思案に暮れ、朝を迎えた。そこへ淀辰が入ってきて、

「昨夜は大層《たいそう》くたびれたようすだったな」

というと、次郎吉は生返事をするばかりで、しきりに考え込んでいる。淀辰は不審に思ったが特に気に留《と》めず、次郎吉に近づくと、

「大きな声では言えない話だが、昨晩お前が懐から出した小判は、あとどれくらい持って

いるのだ。あの小判を使えば必ず足が着く。ほかの小判と交換してやろう」

と、その嬉しい言葉に次郎吉はわれに返り、

「二〇〇両ほどあるので、よろしく頼みます」

というと胴巻きから小判を取り出し、淀辰へ渡した。淀辰はすぐに印のついていない小判と交換した。ほっとした次郎吉が、

「今日は天気も良さそうなので、あちこちを見物しようと思います」

というと、淀辰は、

「それならば、道頓堀《どうとんぼり》に俺の片腕と頼む畳屋三右衛門がいる。三右衛門も旅籠屋《はたごや》で、なかなかの者だ。俺から手紙を書いておくから渡してくれ」

と次郎吉に手紙を託した。次郎吉は支度をととのえると、さっそく三右衛門の家をめざして出かけた。

12　百姓家で三〇〇両を盗む

ほどなくして次郎吉は、道頓堀に旅籠屋をかまえる畳屋三右衛門方を訪れた。まずは宿女たちが出てきて、案内されるままに二階の一間に落ち着いた。女たちは煙草盆《たばこぼん》などを持ってきて、しきりに饗応《きょうおう》するので、次郎吉も気分よくすごしていると、突然、座敷の唐紙をさっと開けて、

「上意、上意」

と言いながら三人の男が次郎吉へ駆け寄ると、飛びかかってきた。次郎吉は不意を突かれながらも男たちの手をかいくぐり、そのうちの一人は床にねじ伏せ、残る二人はその襟元《えりもと》を摑《つか》んで、今にも投げ飛ばそうとしたとき、

「お待ちください」

と一人の大男が出てきた。

「私が三右衛門です。淀辰親分からあなたのことは聞いております。今日こちらへ来ることは知っていましたが、淀辰親分からあなた様の力量を試してみろと頼まれ、このような失礼をいたしました。相当の腕前でございますな」

と悠然とあいさつした。次郎吉は男たちを解放すると、懐中から淀辰親分の手紙を取り出し、三右衛門に手渡した。三右衛門は読み終えると、

「あなた様の大願《たいがん》というのは面白い。まず一杯飲んで、ゆっくりと物語しましょう」

というと、酒と肴《さかな》をそろえ盃《さかずき》を交わした。互いに心地よく酔ってきたころ、三右衛門が、

「大坂見物も一通りできたようす。今宵《こよい》から働いてみてはどうか。都合よくわが家のうしろの山一つ向こうに百姓屋がある。なかなかの金持ちであるが用心が堅固で、これまでたびたび狙《ねら》ったが、すべて失敗に終わっている。お前さんの力でどうにかしてくれ」

といえば、次郎吉は喜び、

「それならば私一人で働いてきましょう。しかし土地不案内なので、昼のうちにその家の

様子をこの目で見ておきたい」

と願い出ると、三右衛門は自ら進んで道案内に出た。二人は百姓家の近くまで行くと、四方八方から家を眺《なが》めた。一通り家の様子を見ると次郎吉は三右衛門を家に帰し、

「明日には金を持って帰る」

と約束した。


日が暮れると、百姓の家に一人の旅浪人があらわれた。戸口で浪人は、

「拙者《せっしゃ》は旅慣れない浪人の身。旅籠《はたご》に泊まるべき蓄《たくわ》えもなく、ほとほと困っております。こちらは大家《たいけ》と見受けてやって来ました。どうか一晩だけでも泊めてください」

と頭を下げる。すると、奥から四〇歳くらいの女主人とおぼしき人が出てきて、浪人の顔立ちを確認するように眺《なが》めたあと、

「それはそれは、さぞかし難儀《なんぎ》のことでしょう。一人旅の者を泊めるのは旅籠だけでなくても天下の御法度《ごはっと》。けれどもお見受けしたところお気の毒そうだから、一晩くらいは泊めま

しょう。さあ、足を洗って上がってください」

と、情け深い言葉をかけてくれた。

浪人が洗足《せんぞく》を済ませ一間に落ち着くと、やがて酒や飯などが出されたので、浪人は遠慮なく馳走《ちそう》になった。そのまま用意された床に入ったが、小用に行ったかと思うと、家のあちこちをそれとなく見てまわった。その途中、奥の一間で五〇歳前後の男主人が箪笥《たんす》の前に座り、しきりに金を数えては箪笥へ入れているのが見えた。浪人はその様子を見て一人で頷《うなず》くと何食《なにく》わぬ顔でもとの部屋へ戻り、一眠りしようと帯を解《ほど》いた。

――この浪人、何を隠そう、次郎吉である。三右衛門を返したあと、近くで刀と袴《はかま》を買い求め、日が暮れるのを待っていたのだ。百姓の家では部屋の明かりが一つ、また一つと消え、次郎吉は眠りから覚めてその時を待った。

遠くの寺の鐘が八つ（午前二時ごろ）を撞《つ》くと、次郎吉は、

「よしっ」

と腹に力をこめて部屋を出た。家の様子をうかがう。鼾《いびき》のほかに聞こえてくる音はない。そっと台所まで行くと、田舎《いなか》のことなので、大きな囲炉裏《いろり》に自在竹を提《さ》げ、茶釜が掛けてあり、その側《そば》には松葉や木の枝などが積まれていた。ここで閃《ひらめ》いた次郎吉は、囲炉裏の燃えさしの火を細い枝に移すと、その上に太い木を乗せ、手早く部屋に戻って横になった。

だんだんと家中に煙がまわりはじめる。煙に気づき、みんな目を覚まして、

「煙だ、それ火事だ！」

と口々に叫び、大騒ぎとなった。次郎吉はここぞとばかりに部屋を出ると、さっき男主人が金を隠していた箪笥の前に駆《か》けつけた。その引き出しを開けると、一〇〇両の包みが三個あったので、すぐに懐へ入れると、騒ぎにまぎれて裏口から抜け出し、塀をひらりと乗り越えると裏の畑へ行き三〇〇両を埋めて、その上に目印となるように細い竹を立てた。

そしてまた塀を乗り越えてもとの部屋へ戻ると、何食《なにく》わぬ顔で横になった。その軽い身のこなしと早業《はやわざ》はあたかも鼠のようであった。われながら首尾よく済ませた、と感心して横になっていると、家の者が来て、

「お客人、お客人」

と揺《ゆ》り起こすので、わざといま起きたかのように目をこすりつつ起きて、

「まだ暗いようだが、今は何時ですか。何か御用でも」

といえば、その男は肩で息をしながら、

「奥様からの伝言で、ただいま台所から出火したが、幸《さいわ》いにも鎮火したので御安心くださされ、と伝えに来たのです」

これを聞いた次郎吉は、驚いた表情で、

「それはそれは。旅の疲れから昏々《こんこん》と眠り込んでしまいました」

とあくまでもとぼけてその場を済ませた。使いの男はあきれ顔で部屋を出て行った。

そのうちに東の空が白くなってきたので、次郎吉は支度をととのえると、女主人が、

「朝飯をどうぞ」

と、何度もすすめるのも聞かずに、

「先を急ぎますので」

と言い残してこの家を去った。

百姓の家の門を出ると、あたりに人影がないのを確認して、昨夜目印に立てておいた細い竹を探したが、どこにも見当たらない。不思議に思って何度も何度も探したが、ついに見つけることができず、次郎吉は茫然《ぼうぜん》と立ちつくした。

13　人相書きを見て、次郎吉大坂を出発

次郎吉は気を取り直して、

「二〇〇や三〇〇のはした金で、気を揉《も》むのは馬鹿馬鹿しい。紛失《ふんしつ》した金の詮索から足がついては面倒《めんどう》だ」

とつぶやき、刀と袴《はかま》を風呂敷に包み、三右衛門の宿に向かった。道も半《なか》ばで、

「昨夜、大坂での仕事始めにと、せっかく働いたのに、その金を人に取られてしまったと

なれば話にもならない。よし、今日は芝居でも見物して日暮れまで楽しもう」

と考えていると、三右衛門の手下の金蔵が道の向こうからやって来て、

「次郎吉殿。昨日、三右衛門親方が、次郎吉殿はこの土地に不案内なので、万が一にも仕損じては一大事。金蔵、あの百姓家の近所に忍び様子をうかがっていろ、というので、宵《よい》のうちから見張っていたのです。

真夜中すぎたころ、塀を乗り越える者があり、何事かと思って見ていると、その人影は畑の土を掘って何か埋めた様子。そこで俺は塀を乗り越えてきたのは次郎吉殿だと思い、声をかけようとしたら、すぐさま塀を乗り越えて家の中へ戻ってしまった。そこで何を埋めたのかと畑へ行ってみると、金包み三〇〇両があったので、すぐに三右衛門親方へ手渡してきたのです。遅くなりましたが、お迎えにあがりました」

といった。そこで次郎吉は安堵《あんど》の溜息《ためいき》をつき、

「そういうことだったのか。大坂での仕事始めの金を、人に取られてしまってはお話にもならないので、今日は芝居でも見物し、日が暮れたらもう一度盗みに入ろうと思っていたの

だ。ちょうどよいところへ迎えに来てくれたものだ」

というと、金蔵と一緒に三右衛門方に戻った。


三右衛門は子分の者たちと酒を酌《く》み交《か》わしながら、昨夜の次郎吉の仕事を聞き終えると、
苦笑いしつつ、

「火を使うのは危険だ。この土地はとても狭いので、今後は火を使ってはだめだ」

と戒《いまし》めたあと、昨夜次郎吉が盗んだ三〇〇両を返した。

「仕事始めも首尾よく成就《じょうじゅ》したので、この金で淀辰親分の仲間入りをしなければならないだろう。俺が今から同道して親分に頼もう」

と三右衛門に促《うなが》されて、淀辰の旅籠屋へ向かった。淀辰に昨夜の話をすると、

「三〇〇両盗んだのはお手柄《てがら》だが、火をつけたのはいかにも残念だ」

と苦笑いをした。三右衛門がそれとなく次郎吉の仲間入りを申し立てると、淀辰は何も言わずに三右衛門と次郎吉を次の間に通した。そこでは淀辰の手下の者が一斉《いっせい》に集まりはじめて

いた、みんな羽織《はおり》姿、なかには袴《はかま》まで履《は》く者もいた。見るからに盗賊という身なりの者は一人もいなかった。

「いまから仲間になる次郎吉のお披露目《ひろめ》をするぞ」

という淀辰のひと声で、次郎吉は一人一人に対面をはじめた。その場に、半次郎という者が遅れて来ると、あわただしく淀辰のもとへ駆け寄り、

「気になる人相書きを手に入れました。この者は昨夜の夕方に筆立山の麓《ふもと》にある百姓家へ浪人姿でやって来て、一晩の宿を頼んだので泊めると、その晩に台所から出火。幸いに火を消し止め、事なきを得たが、翌朝、早くに、その浪人は朝飯も取らずに家を出ました。

しばらくして主人が金の出入りがあったので箪笥を開けると、昨夜たしかに入れておいた三〇〇両の金が紛失しているので、さてはあの浪人の仕業《しわざ》と気づいて領主に訴え出ました。どこの者かも分からないので、人相書きを配っています。私も一枚もらってきましたが、これは次郎吉殿ではありませんか」

といって手渡す人相書きは一目で次郎吉と分かった。淀辰は驚き、次郎吉を呼ぶと、

「せっかくのお披露目中ではあるが、この人相書きが出回っているとなれば、もはやこの地で仕事はできまい。ほとぼりがさめるまで他国で身を隠すのがよいだろう」

という言葉に、次郎吉も肩を落とし、

「残念ですが、他国へ逃れてから、また厄介《やっかい》になりに来ます」

と力無く答えると、

「そこまで落胆するまでもない。また再び会えることだろう。仲間金のことは承知した。一刻も早くこの地から逃《のが》れよ」

と急《せ》き立てられ、次郎吉は厚く礼を述べて、三〇〇両を懐に入れ、大坂をあとにした。

14　水口城下の宿の亭主を謀る

次郎吉は大坂をあとにして、早足で歩きながら、思いを巡《めぐ》らしていた。先日、夢にあらわれた老人が、淀辰にしたがっているのは大凶だ、といっていたのを思い出し、ならば江戸へ帰って町人はもちろんのこと、大名や旗本宅へ忍び込んで金銀を盗み取り、運を開こうと決意したのだ。

淀川から船で伏見に着くと、東海道を通って江戸をめざした。その日は水口宿に宿を取ると、何か面白いことはないかと思いながら、按摩《あんま》を呼んだ。昼の疲れをほぐしてもらいながら、いろいろな話をしていると按摩から面白い話を聞いた。

「世の中に欲のない人はいませんが、この宿の主人ほど欲深い人はいません。私どものような者からでも、その治療代を一人前につき二一文ずつ支払わないと中へ入れてくれません。こんなことはざらで、なんでもかんでも金儲《もう》けの種にしようとしています」

この話を聞いた次郎吉は頷《うなず》きつつ、心の内で、

「何か一計を案じてみよう」

と考えるうちに按摩も下がり、やがて女中が膳を運んできた。次郎吉が食事をしていると、そこへ宿の主人が入ってきて、

「誠《まこと》にお粗末《そまつ》なもので……」

とご機嫌うかがいに来た。次郎吉は懐《ふところ》を探って、幾ばくかの金を取り出すと、

「これは少ないけれども茶代だ」

といって、主人の前に差し置く。主人は満面の笑みで受け取った。

「お客様は二、三日も御逗留《ごとうりゅう》されるとのことですが、何か御商売でしょうか」

と聞かれ、次郎吉は少し困ったが知らん顔を決めこんで、

「いや、これといった商売でもなく、ちょっとした仕込みをするつもりだ」

と答えると、主人は少し残念そうな顔をして、

「そうでございますか。それではごゆっくり御逗留してください。また、良い金儲けの話があるなら、ぜひともご相伴《しょうばん》に預かりたいものです」

というと、笑いながら部屋を出て行った。

次郎吉は食事を済ませると、何を思ったのか、宿に断って通りに出て金槌《かなづち》を一本買って戻

ってきた。その夜はそのまま寝てしまったが、翌朝早くに起き出して、何か屏風《びょうぶ》の中でカチカチと叩きはじめた。夕方になって金槌の音が止《や》んだかと思うと、次郎吉は女中を呼ぶと小粒金を五つ渡し、

「すまないが、これを二朱銀に取り替えてきておくれ」

と頼んだ。女中が言われた通りに取り替えてくると、次郎吉は礼を述べて受け取った。その翌日も朝から夕刻まで金槌の音を響かせ、夕刻には女中に金に交換させた。三日目ともなると宿の主人は不審に思い、

「さてはあの客、偽金造りをしているな。そうとは知らずに換金してやったのは迂闊《うかつ》だった。まずは交換した小粒金を調べてみよう」

と思って小粒金を調べたが、特に変わったところがない。不審は募《つの》るばかりだった。

「不思議なものだ。しかし、毎日カチカチして、夕方には交換するというのが何よりの証《しょう》拠《こ》だ。役所へ訴えて褒美《ほうび》の金をもらおう。しかし、偽金造りの罪では役所からの金も知れたもの。いっそあの客を脅《おど》して、その業《わざ》を学ぼう。そうすればより多くの金が手に入るぞ」

と自問自答して心を決めると、金槌の音が響く二階へあがった。次郎吉の部屋に入ると、

「内密《ないみつ》なお話がございます。この数日、お取り替えしている金は、良い金には違いありませんが、一体あれはどこから出た金なのでしょうか」

と声を潜《ひそ》めて尋ねると、次郎吉は手を止めて、しめしめ、とうとうきたか、と心の中でつぶやきつつ、屏風の内側から出て、

「それは意外なご質問ですな。あれは普通の小粒金です」

というと、主人は声をあげて笑い飛ばし、

「なるほど、普通の小粒金に見えますが、なかなかな業《わざ》を用いてできたものとお見受けします。このようなことを見つけたからには、役所へ訴え出るのが規則ではありますが、そのようなことをしては花も実もなし、諺《ことわざ》にも膝《ひざ》とも談合《だんごう》（〔窮した場合には自分の膝でも相談相手にするという意〕誰とでも相談すれば、それだけの益はある）といいます。御相談次第《しだい》では悪いようにはいたしません」

と脅《おど》しにかかった。次郎吉の計画通りである。次郎吉は頭をかき、困った顔を作り、

「そこまでばれているのなら仕方がありません。それで、どうすれば訴えずに済ませてくれるのですか」

というと、主人は心の中では小躍《こおど》りして喜んだが、しかめっ面《つら》のまま、

「いやいや、そのような下世話《げせわ》な話に及んではかえって赤面しますが、このような濡れ手で粟《あわ》の商法を独占するのはあまりにもあこぎなことです。私にも少し相伴《しょうばん》させてください。しばらくは当地に留まって仕事に励んでください」

という申し出をした。次郎吉は、

「なるほど承知しました。しかし、大金を儲《もう》けたいのですが、元手が少ないので金槌一つしか買えず、このような小粒金しか造れないのです」

というと、欲深い主人は目を輝かせ、身を乗り出し、

「元手ならこの俺が準備しよう。さて、どのくらい必要なのだ」

という。次郎吉はしばらく考え込むと、

「充分な金を造ろうと思えば、千両ほど必要。機械を造るとなると二〇〇両。あとは順次

潤《うるお》ってくることでしょう。千両の元手をつぎ込めば、二千両の儲けは出ます」

というと亭主はすぐに、

「よし、その二〇〇両は俺が出そう。機械はどこで買い求めるのだ」

「大坂で揃《そろ》うでしょう」

「ならば、二人して明日にでも出発しよう」

と鼻息荒く主人がいうと、次郎吉は手で制しながら、

「いや、二人で行くまでもありません。とにかくこのようなことは露呈《ろてい》しやすいものなので、ひっそりと行動するのが肝腎《かんじん》です。私ひとりで大坂に行き、懇意《こんい》にしている者に頼んで機械を取り集めてもらい、ひとまとめにしてこちらへ送ってもらいます。そのとき、使いの者に二〇〇両の金を渡してください」

と言葉巧《たく》みにまくし立てると、欺《あざむ》かれているとは露《つゆ》知らず、主人は承知すると喜び勇んで金の用意のために部屋を出た。

翌朝、宿の主人から路銀をもらった次郎吉は、大坂に向けて出発した。しかしそれは嘘《うそ》で、すぐに同じ水口宿の別の宿に泊まると、いい加減に木片などを集めて一つの包みにまとめ、五、六日後にその宿の馬子《まご》に頼んで、がらくたを包んだ荷物に、

「約束通り荷物を送る。二〇〇両の金はこの馬子に渡してくれ。二、三日でそちらへ戻る」

と手紙を添えて自分は宿でのんびりと待っていた。

欲深い宿の主人は荷物を受け取り、次郎吉からの手紙を読むと、少しも疑うことなく二〇〇両の金を馬子に手渡した。金を受け取った馬子は、すぐに次郎吉のもとへ立ち帰ると金を渡した。次郎吉はその中からいくらかの金を馬子に与え、残りは懐にねじ込み、どこかへ立ち去ってしまった。

15 横瀬村での危難

欲深い宿の主人を欺き、二〇〇両の大金を手にした次郎吉は、気分良く江戸へと道を急いだ。数日後、岡崎宿へ着いたところで、先を急いだせいか、足が弱ってきたので馬に乗ることにした。馬使いと四方山話《よもやまばなし》をしていると、身に覚えのある物語を聞いた。

「世間には不幸な者がいるものです。だいぶ前のことですが、ここから四、五里ほど離れた吉岡村の大百姓太郎左衛門の家に盗賊が三人忍び込み四千三〇〇両盗まれるところでした。しかし、千両箱を二つずつ背負った盗賊二人はその場で捕まり、残る一人は三〇〇両とともに取り逃がしました。

捕まった二人はこの近くに住む者で、そのうちの一人は妻子持ちでしたが首をはねられ、その妻子は大黒柱を失い、伯父の牛右衛門という者に引き取られましたが、この牛右衛門は七九歳で自分一人の生活もままならないほどでした。女房は子どもの世話に加え、この伯父の世話まで一手に引き受けることになり、端《はた》から見ても誠に可愛《かわい》そうな有り様です。

盗賊の女房とはいえ、この女房が罪を犯《おか》したわけではないので、村中で面倒をみてやりましたが、何のうしろ盾《だて》もないので、だんだんと気に掛ける人も減り、いまでは人に雇われたり、針仕事などでようやく暮らしています。なんとも不幸な話ではありませんか」

この話を聞いた次郎吉は心の中で、

「南無阿弥陀仏」

と唱えつつ、

「それは可愛そうなことだ。それでその牛右衛門とかいう者の家はどこにあるのか」

と尋ねると、ここから遠くない横瀬村というところだと教えてくれた。

盗賊とはいえ、生来の性格は義気あふれる次郎吉は、話を聞いたからにはそのままにしておくわけにもいかず、馬を下りて横瀬村に向かった。

横瀬村に着くと、牛右衛門の家はすぐにわかった。ちょうど女房がいるのが見えた。女房は膝までしかないボロボロの着物に細帯を締め、その髪は乱れて山姥《やまんば》のようだった。次郎吉は一瞬ためらったあとで、

「私はよくこの道筋を通る飛脚の者。お前の夫とは親しくしていたのだが、聞くところに

よると、寝耳に水のようなこと。さぞかしお困りのことでしょう。これはほんの心ばかり」と声をかけ、いくらかの金を与えた。女房は嬉し涙を流して喜んだ。そのときこの村の名主右太夫という者が、たまたま通りかかったので、女房は名主を呼び止めると、

「ちょうどよいところに通りかかってくださった。このお方は亡き夫の知り合いで、わざわざ尋ねてきてくださったばかりか、このような大金をくださいました。どうぞ、名主様からもお礼を申し上げてください」

と頼んだ。さすがは名主というだけはあって、次郎吉を不審な奴だと気づいたが、顔には少しも出さず、

「ご親切によく尋ねて来てくださった。ここはあまりにもむさ苦しいので、私の家にお出でください。ちょうど昼時ですので、何もありませんが昼飯を召し上がってください」

と申し出た。次郎吉は断ったが、右太夫は、

「ぜひ、ぜひともお出でください」

と次郎吉を連れて行った。

名主の家に着くと、右太夫は酒肴《しゅこう》などをととのえて、次郎吉にふるまっているうちに、使いの者を村内の捕り手の家へ走らせ、怪しい者がいると知らせた。捕り手はすぐに名主の家に来て戸の隙間からのぞくと、かねてから人相書きが出回っている吉岡村の盗賊に間違いなかった。手下を集めて厳重に退路を固めると、日が暮れるのを待ち、次郎吉が油断したころあいを見計《みはか》らって、踏み込んだ。

「上意である！　おとなしくお縄につけ」

と声をあげて左右から飛びかかったので、不意を突かれた次郎吉は驚いたが、

「何をっ小癪《こしゃく》な！」

というより早く、右から来た二人をめがけて煙草盆を投げつけた。

たちまち部屋は灰におおわれ、次郎吉は目が眩《くら》んだ捕り手の襟首《えりくび》をつかむと二間先に投げ飛ばし、もう一人を蹴飛《けと》ばす勢いで外へ出た。そこへは待ち構えていた捕り手が五、六人手に棒を持って打ちかかってきた。次郎吉は右へ左へと棒を避《よ》けると、表へ逃げ出す。捕り手たちはあわてて追いかけたが、夜の闇に紛れて次郎吉の姿を見つけることはできなかった。

16　辻堂で盗賊の金の分配を見て、あとをつける

次郎吉は危難を免《まぬが》れて、一目散《いちもくさん》に二、三里走り続けた。ここまで来れば一安心と走るのをやめた。辻堂などを見つけて夜が明けるまで少し眠ろうと、あたりを見回してみると、森の合間にちらちらと明かりが見えた。歩いていくと、人家ではなく辻堂だった。中ではなにやら人の話し声が聞こえるので、不思議に思って、戸の隙間から中の様子を見てみると、浅黒い肌の大男が二人座っていて、提灯《ちょうちん》を片手にひそひそ話していた。耳を傾《かたむ》けると、

「今夜の旅人は手ごわい奴だった。ほれ、この通り」

といって腕をまくると、二の腕のあたりに浅い刀傷があった。それを見たもう一人は、

「いやいや、なかなか腕の立つ奴だったな。しかし奴の胴腹をえぐったときに落とした刀がかすめた俺の傷のほうが深いぞ」

と裾《すそ》をまくると、膝頭《がしら》のあたりに血が滲《にじ》んでいた。どうやら二人は盗賊で、今夜の仕事を終えた帰りに奪った金を山分けしているところだった。二人は白い布を取り出して傷の手当てをすませると、金を二等分し修行者の姿に変身すると提灯を手に辻堂を出た。

一部始終を見聞きした次郎吉は、二人のうしろ姿を見送りながら、

「金だけでなく、命までも奪うとは許せない。あとを追って一泡吹かせてやろう」

と決めると闇に揺《ゆ》れる提灯を追った。次郎吉の腕なら二人を相手にしてもねじ伏せるのはたやすいことだが、君子危うきに近寄らずというから、何か別の方法で懲《こ》らしめてやろうと考えているうちに、二人は街道に出ると泊まっていたらしい宿の戸を叩《たた》いて、開けてもらうと中へ入った。

次郎吉は少しの間を開けてから、その戸を叩き、

「俺は田舎《いなか》の者だが、遅くなって山道に迷ってしまった。ようやくの思いで街道に出られたので、どんなところでもいいから一晩泊めてくれ」

と戸口に出た女にいうと、

「それは大変な思いをしましたね。すでに火を消したので食事の用意はできませんが、眠るだけでよろしければ床を用意します」

と応対してくれたので、

「横になれるだけでも十分。ご親切ありがとうございます」

と宿に入ると通された一間で横になり、どうやってあの二人組を懲《こ》らしめてやろうかと頭を廻《めぐ》らせた。相手も盗賊だから、そう簡単には騙《だま》すことはできないだろう、と思案に暮れているうちに東の空が明るくなってきた。

17　宿の主人を欺き盗賊の金を奪う

宿ではまだ誰も起きていない様子だったが、明るくなってきたので次郎吉はしきりに手を打ち鳴らした。宿の女がびっくりして寝ぼけ眼《まなこ》で次郎吉の部屋へやってきて、

「こんな早朝に何か御用ですか」

と尋ねると、次郎吉は、

「亭主でなければわからんことだ」

というので、女は亭主を起こす。亭主はこんな早朝から何事かと不審に思いながらも次郎吉の部屋にやってきた。次郎吉は亭主に向かうと、

「私は京都本願寺の飛脚であるが、江戸から京都へ運んでいる金二〇〇両をさきほど寝ているあいだに盗まれた。内密なことなので小判に印はない。おそらくはこの宿の客人が犯人だと思う。そこで調べるあいだは一人も外へ出さないようにお願いしたい。

また、本来ならば代官所へ訴え出て調べるのが当然であるが、それでは手間暇《ひま》がかかる上、この宿から罪人が出たとなれば気の毒なので穏便《おんびん》に済ませたい。だから御亭主に今夜の客を一人残らず改めてもらいたい。もしもとやかくいう者があれば、そのときは不本意ながら代官所の厄介《やっかい》になりましょう。しかし表沙汰《おもてざた》になれば、この宿の商売に差し障《さわ》りが出ることは必至《ひっし》なので、くれぐれも心配りをしてもらいたい」

とまことしやかにいうと、亭主は驚き、

「そんな盗みがあったとは。さて、金には印がないとなれば、ほかに証拠《しょうこ》は？」

と尋ねると、次郎吉は落ち着いて、

「金の入れ物は、紫縮緬《ちりめん》に白く下がった藤の紋を染め抜いた袱紗《ふくさ》で、金は小判で一〇〇両ずつ二包みにしてあった」

と辻堂で見たままを亭主に伝えた。亭主は、

「そのような証拠があるならば、すぐに見つかるでしょう。お待ちください」

と言い残すと、四、五人の者を集めて手分けして、一部屋ずつわけを話して荷物を改めた。

盗賊の部屋には亭主と二人の者がやってきた。亭主は、

「この宿にお泊まりの本願寺の飛脚が御用の金を盗まれたとのことです。いろいろと調べたところ、外部から侵入した形跡はありません。かといってこのまま済ませるわけにはいかないので、代官所に訴え出るところですが、そうなってはことが大きくなります。金さえ手元に戻れば穏便《おんびん》に済ませようという申し出なので、御迷惑かと思いますが、一部屋ずつ改め

させていただいております。悪《あ》しからずご承知ください」

というと、二人は驚いて顔を見合わせ、

「それはお気の毒なこと。それでいくら盗まれたのか」

と聞くと、二〇〇両といわれ、昨夜盗んだ金と同額なのでどきっとしたが、この宿で盗んだのではないし、相手は殺してしまったので、落ち着きを取り戻した。

「なるほど、二〇〇両といえば大金だが、そのくらいの金を持ち歩く者は世間にはいくらでもいる。何を隠そうこの俺たちも二人でちょうど二〇〇両の金を持ち合わせているぞ。盗まれた二〇〇両に、何か証拠でもあるのか」

「それはごもっともなことです。証拠があります」

亭主の言葉を聞いて二人は眼をむいて、

「我らが取ったという証拠があるなら、その証拠を見せろ」

と声を荒げる。亭主は笑いながら、

「そこまでお怒りにならなくてもよいではございませんか。その証拠というのは、紫縮緬《ちりめん》に白く下がった藤の紋を染め抜いた袱紗《ふくさ》です」

というと、二人は急に顔色を変えた。その変貌《へんぼう》に気がついた亭主は、

「失礼ながら、お荷物を改めさせていただきます」

と小風呂敷を引き解けば、中からは火付け道具や小刀など、修行者の姿には相応《ふさわ》しくないものばかり出てくるので、亭主の不審は増すばかり。

風呂敷の中に金がないので、片方の男を裸にして調べると、手拭いに包まれた一〇〇両が出てきた。もう一人も着物を脱がせてみると、褌《ふんどし》のあいだから一〇〇両の包みが転がり出た。金だけしか出てこないので、亭主は困って男たちの顔を見ると、足下の布団ばかり見ている。ピンときた亭主が布団を調べると、いつの間にかくしたのか、紫縮緬《ちりめん》に白く下がった藤の紋を染め抜いた袱紗《ふくさ》が出てきた。

「さてはお前たちが盗人であったか。そうとは知らずに度々《たびたび》この宿に泊めていたのは、われながら情《なさ》けない」

二人の男は褌姿で顔を見合わせるばかり。盗賊が見つかったということを聞きつけると、

宿中の人がこの部屋に集まってきて、二人の男を縄で縛《しば》りあげた。

亭主は二〇〇両と袱紗《ふくさ》を手に、次郎吉の部屋にやってくると、

「とんだことになりました。お尋ねの二〇〇両と御紋つきの袱紗はたしかに泊まり客の仕業で、ただいま取り返して参りました。こうなったからには代官所へ訴え出るかどうかは、お客様の考え次第です」

といい、二〇〇両を差し出した。次郎吉は首尾よくいったな、と思いながらも、

「なんと憎《にく》い奴らだ。しかし諺《ことわざ》にもいう通り、その罪は憎んでもその人を憎むべからず。金さえ戻れば、事を荒立てるつもりはない。とにかく金が戻ってよかった。この金は一刻を争う用金なので、あとのことは御亭主に任せるから穏便《おんびん》に済ませてくれ。俺はすぐにでも出発する。ご厄介《やっかい》になった」

というと、朝飯も食べずに宿を出発した。

次郎長は宿を出ると道を急いで矢作《やはぎ》の橋までやってきた。そこへ江戸からの寺社方の大検

使という一行が、

「下に、下に」

とやってくるので、次郎吉は何事かと近郷の人に尋ねると、

「昨夜、塔の山街道筋の谷間で、旅人が一人殺されたが、とどめを刺さずにいたので今朝まで生き延びて、見つけた人に話すには、狩人らしい二人に斬られ、紫縮緬《ちりめん》に白く下がった藤の紋を染め抜いた袱紗《ふくさ》に包んだ二〇〇両の金を奪われた、と言ったという。そこであの検使様がお出でになったのです」

ということだった。その話を聞いた次郎吉は、

「もう少しあの宿を出るのが遅かったら……」

と思うと背筋が凍《こお》った。雨が降ってきたので、すぐに駕籠《かご》を雇《やと》って大井川までやってきた。そこで宿をとったが何となく気持ちが落ち着かず、宿を出て大井川の増水を見物しようと川辺まで出かけた。川を見ると実に恐ろしい勢いで水が流れ、千丈《せんじょう》の堤《つつみ》も崩しそうな勢いに次郎吉の不安は増していった。

あちこちと川辺を歩いていると、川下に川越えの雲助《くもすけ》たちが一四、五人集まっていた。何をしているのかと近寄ってみると、古茣蓙《ふるござ》を敷いて三文博打《さんもんばくち》をしていた。煙草を吹かしながらそのようすをぼんやりと見ていると、次郎吉に気がついた一人の雲助が声をかけてきた。

「お待ちになっても、これだけの川の流れでは、今日は渡れませんよ」

「いや、それはわかっているが、ここは川下なので、なんとかして渡らせてくれることもあるのかな、と思っていたところだ」

と次郎吉が答えると、

「ここだけの話だが、場合によってはなんとかしないこともございません」

というと親指と人差し指で丸をつくってにやりと笑った。次郎吉は、

「ぜひとも渡らせて欲しい」

と小判一枚を投げ出すと、雲助たちは喜んで立ち上がり、

「こんなに話のわかる旦那は見たことねえ。兄弟分たちよ、旦那の気が変わらないうちに渡るぞ」

というと連台を持ってきて次郎吉を乗せた。そのまま四人で連台を担《かつ》いだまま、川に入ったが水の勢いはすさまじく、滔々《とうとう》と流れる川の勢いに、さすがの雲助たちも必死の形相になった。流されながらもようやく向こう岸に着くと、次郎吉は生き返った心地になった。そこで疲弊《ひへい》している雲助たちに向かうと、

「骨折り賃だ」

といって小判を一枚投げ与えた。雲助たちは息を吹き返して喜び、口々に礼を述べ、再び川に入り、向こう岸に戻っていった。

▲雲助たちと次郎吉

次郎吉は大井川を渡ることができたので、ここまで来ればひとまず安心と、ふたたび江戸へ向かって足を早めた。そのころ、大井川の雲助たちは思わぬ収入を酒の肴《さかな》に換えて楽しんでいた。すると、一人の男が、

「しかし、どうして二両も出して川を越えようとしたのだろうな。不審な奴には違いないが、あの懐には二〇〇両は持っていたぞ」

という。ほかの男は、

「きっと盗賊に違いない。大助親分へ知らせれば、褒美《ほうび》の金がもらえるかも知れない」

と提案する。みんなの意見が一致して川越大助親分へ知らせることになった。

18　大丸の飛脚の金を奪う

川越大助というのはこのあたりのあぶれ者を取り仕切る親分である。大井川の雲助たちが

知らせにくると、大助は自ら川を渡り、次郎吉のあとを追いかけ、ようやく次郎吉が泊まっている宿をみつけた。

大助は次郎吉の隙《すき》をうかがって懐の金を盗もうとしたが、次郎吉は少しも油断することなく、手持ちの金は胴巻きの中へ収めていた。次郎吉は何か仕事はないかと目を配っていると、その宿に二人の飛脚が訪れて、江戸大丸店と書いた綱袋を届けた。これを見た次郎吉は、これは良い獲物だ、と喜んで夜が更《ふ》けるのを待った。

大助は次郎吉が盗みを働こうとしているとは露《つゆ》知らず、抜き足差し足で次郎吉の座敷の前に来てみたが、次郎吉は何時になっても眠らない。困り果てていると、次郎吉がそっと起きてどこかへ行った。

「小便にでも行ったのか」

と思いながら、大助は次郎吉のあとをつけようとすると、綱のかかった包みを持って次郎吉が戻ってきた。次郎吉は手早く綱を解《ほど》くと渋紙を開けて金らしい包みを懐に入れると、また綱をかけて座敷を出ていった。これを見た大助は驚き、

「こいつはなかなかの盗賊だ。少しは分け前をいただこう」

と次郎吉が戻ってくるのを待った。次郎吉が座敷に戻ると、大助は静かに声をかけた。

「今宵《こよい》はうまくいったようだな。俺もあの金を狙《ねら》っていたのだがお前に先を越されて、せっかくの企みも水の泡だ。一体お前はどこのどいつだ。俺はこの土地の顔役の川越大助だ。他国のお前に先を越されて、ただ指をくわえていては、子分の者に示しがつかねえ。お前が盗んだその金を取ろうとしてもはじまらない。ものは相談だが、俺にも半分渡してこの顔を立ててくれる気はないか」

というと、次郎吉は心の中では、

「見られたのか。憎《にく》い奴め。ここは宿屋だから騒ぎを起こしては面倒《めんどう》だ。ひとまずこいつを外へおびき出して、話はそこからだ」

と考えると、

「私はこの街道を往復する飛脚の者ですが、あなた様のお名前は上《のぼ》りや下《くだ》りで聞いていたので、いつかはお目にかかりたいと思っていました。川越大助殿に会えて幸せです。今の仕事ですが、盗んだのは高々二〇〇両ほどなので、すべてあなたへ差し上げても物足りないことでしょう。とにかくここは宿屋なのでゆっくり話もできません。夜明けまでまだ時間があるので、ここを出て歩きながらお話ししましょう」

というと、大助も承知して宿を出た。次郎吉は宿の門口を出るとき、大助に気づかれないように小石を三、四個拾うと懐に入れた。

しばらく歩くと大助は手を出し、

「それでは、今夜の分け前を渡してもらおう」

という。次郎吉は、

「それは約束の通り渡しますが、一つ相談があります。私も二、三〇〇両の端金《はしたがね》はいつでも盗めます。あなた様はこの土地の方だから金持ちの家を知っているでしょう。もし金持ちの家まで案内してくれたら、この二〇〇両は熨斗《のし》をつけて差し上げましょう」

というと、大助は頷《うなず》いて、

「この街道を進むと、右の方に笹藪のある黒板塀の家がある。用心が固い家なのでこれまで手が出せなかったが、千や二千両の金はあるはずだ。その家に案内しよう」

といって先に立った。黒板塀の家の前に着くと、次郎吉は、

「それならば、約束の二〇〇両を渡しましょう」

というと懐から胴巻きを取り出し、そのまま大助へ与えた。大助は、

「これはこれは、かたじけない」

といって受け取り、懐に収めようとするあいだに、次郎吉は早くもこの家の塀を乗り越えてしまった。その身軽さに大助は驚いた。手に入れた金を拝《おが》もうと胴巻きを開いてみると、中には小判ではなく石ころが入っているのみ。

「謀《はから》れたか！　なんという早業《はやわざ》の男だ」

と悔しがっていたが、気を取り直し、

「あいつはこの土地に不案内だといっていたので、この家から出てきても、どこへ逃げてよいのか狼狽《うろた》えるに違いない。そこを捕まえてやろう」

と血眼《ちまなこ》になって待ち構えたが、いつまでたっても次郎吉は出てこない。そうしているうちに東の空は白くなり、鶏《にわとり》が鳴きはじめた。

19　小田原で相客の娘と逃げ、品川に家を持つ

次郎吉は川越大助に石ころが入った胴巻きをくれてやると、家の塀を乗り越え裏木戸へまわり、戸の鍵を壊して外へ出て、息が続く限り走った。日が高くなると駕籠《かご》に乗って、小田原まで急いだ。まだ夕暮れまでは時間があったが宿を取り、昨夜の疲れを癒《いや》そうと按摩を呼んで揉《も》ませていると、隣の座敷から、しくしくと娘の泣き声が聞こえてきた。

次郎吉は按摩に向かって、

「何かあったのか」

と尋ねた。

「私も又聞きなので、詳しくはわかりませんが、隣は父と娘の二人旅で、熱田の者です。今年の年貢の金に困って、娘を江戸の品川へ身売りするようです」

ということだった。

この話を聞いた次郎吉はたちまち哀憐《あいれん》の情が動いて、なんとかしてその娘を救おうと思っていると、娘が一人で出かけていく様子だった。次郎吉はこれは好都合と、すぐに娘のあとをつけていく。なかなか器量のよい娘で、どこかで見たような気がする。娘の先に立ってよく見てみると、大坂へ行く途中の熱田の宿で契《ちぎ》ったお吉だった。そこで次郎吉は声をかけると、お吉も偶然の再会に驚いた。二人は積もる話をひとしきり終えると、次郎吉は娘に、

「偶然にも、お前の隣り座敷に泊まっている。噂《うわさ》でお前の身売りの話を聞いて、泣いていたのだ。袖振り合うも他生の縁、何とかしてやりたいが、親父さまが強情《ごうじょう》なようなので一筋縄にはいかないのだろう……」

と告げると、

「ところで、お前はいくつになったのだ」

と尋ねた。娘は頬を赤らめると、もじもじしながら、

「私の歳は一八でございます」

と答えた。次郎吉はそのいじらしい姿に一瞬にして心が奪われた。次郎吉は娘の顔をのぞき込み、

「容姿といい、心立てといい、どこも悪いところはないのに、こんなよい娘を、いくら金に困ったからといって、女郎に売るとは貪欲《どんよく》な親父さんだ。さて、幾らの金があれば身を売らずに済むのだ」

と尋ねる。お吉は恥ずかしそうに、

「父の申すには二五両だといいます。私は悲しくてたまりません」

といい、わっと次郎吉の袖にすがりついて泣き沈んだ。次郎吉は娘の背中を撫《な》でながら、

「本当に可愛そうになあ。でも、俺が話を聞いたからには、泥水に沈めるようなことはさせねえ。これから帰って、親父さんに酒でもすすめ、機嫌よく酔わせたあと、俺の座敷へ来たらいい。詳しいことはそのとき話そう」

と言って、二人は左右にわかれ、別々に宿へ戻った。

娘は次郎吉に言われた通り、父親に酒をすすめる。娘を売る寂しさも手伝ってか、父親は浴びるように酒を飲んで、そのまま鼾《いびき》をかいて寝てしまった。

そこで娘は、部屋をそっと抜け出すと、震える手で隣の襖を開けて、次郎吉の寝室へ忍び寄った。待ち構えていた次郎吉は何も言わずに、娘の手を取って自分の布団へ引き入れた。

娘は口に手を当てて恥ずかしそうに次郎吉の顔を見つめていたが、にっこりと笑うと、次郎吉の首に手を回して抱きついた。その風情は雨に悩める海棠《かいどう》か、嵐を厭う桜花のような美しさであった。次郎吉は娘に、

「こうなったからには、まさか、お前は嫌といわないだろうが、実は俺は江戸の者だが、いまだ決まった妻がなく、それゆえに江戸に帰っても楽しいことがない身の上だ。お前が俺の女房になるならば、親父さんに頼んだ上、仲人《なこうど》を立てて婚礼すればいいだけの話だ。しかし何と言っても頑固な親父さんだから、すぐに許してくれそうもないのは目に見えている。

いっそのこと、お前も品川へ行ったつもりで、俺と一緒に逃げないか。二五両の金さえやれば、親父さんもそんなには怒らないだろう」

というと、娘は、

「私が断るわけはございません。たとえ女郎にならなくても、あなた様のことが忘れられない私は、嫁《とつ》ごうとしないので家にはいられません。あなたの好きなようにしてください、どこまでもついていきます」

との返事に、次郎吉は心の底から喜んだ。

「お前がそういう気持ちなら、親父さんの起きないうちに支度《したく》をしよう」

というと、すぐに懐から二五両の金を出して娘に与え、

「これに手紙を添えて、親父さんの枕元に置いておけ」

といった。まだ夜が浅かったので、宿には用事があるといって娘が外に出ると、すこし間を置いてから、次郎吉も用事があるといって宿を出て、お吉と二人は手を取り合って、夜の闇に消えた。

次郎吉とお吉は駕籠《かご》に乗ると夜通しで戸塚宿まで走り、その翌日にはまた駕籠に乗って早くも品川に着いた。

ここで二人は安堵《あんど》の表情を浮かべると、以前から次郎吉が懇意《こんい》にしていた老婆から天王山の下へ店を借りることにした。

▲次郎吉とお吉、二人で逃げる

しかし、保証人がいなかったので、老婆が懇意にしている善八という者がその店の隣に住んでいたので、善八に頼んで保証人になってもらい、次郎吉は店を構えることができた。この話をお吉にすると、目を丸くして驚き、

「その善八という人は、女郎の売り買いの世話などもしているのではないですか」

と尋ねる。次郎吉は、

「そういえば、老婆はそのようなこともいってたな。知り合いか」

「その人は、このたびの私の一件について、熱田の家まで来た人です」

と聞いて、次郎吉は驚いたが、話を決めてしまったので、今更変更するわけにもいかず、善八と対面する日を待った。

20　隣家に娘の親が来る

引っ越しの話が決まったので、次郎吉は老婆のところでお吉とともに善八が来るのを待っていると、ほどなくして善八が入ってきた。初対面のあいさつを済ませると、老婆は手慣れたもので、

「善八さんも承知し、家主の方との話もまとまったので、明日には引っ越しをしましょう」と話をまとめた。次郎吉は喜んで善八にお礼を述べながら、金一〇〇疋《ぴき》を渡すと、善八はことのほか喜んで酒宴を開いた。しばらく酒を酌《く》み交わしていると、善八はお吉の顔をつくづくと眺め、不思議そうな顔をしたが、次郎吉もお吉も知らん顔をしてその場を切り抜けた。

翌日は早い時間から天王山の下に引っ越した。次郎吉は新居の掃除を終えると横になり、長い間両親に会っていなかったので、そのうちに吉兵衛の家へ赴《おもむ》いて詫《わ》び言をしようと思いながら、長旅の疲れを取っていた。

一方、お吉の父親は小田原の宿で、二日酔いの頭を抱えながら起きてみると、枕元には娘からの手紙と二五両が置いてあり、しばしのあいだ茫然《ぼうぜん》としていた。この金があれば年貢の心配はなくなったが、娘をそのまま放っておくわけにもいかないので、その足ですぐに品川の善八の家を訪ねた。

折りよく善八が家にいたので、小田原での事情を説明すると、

「お吉を連れて行った方が二五両の金をくれたので、熱田へ帰ります。そうしたらまたここへあいさつにくるのは億劫《おっくう》なので、そのまま品川にお断《ことわ》りのあいさつに参りました」

といって、三〇〇疋を善八の前に置くと、

「このような事情なので、これで勘弁《かんべん》していただきたい」

という。善八は喜んでその金を受け取ると、

「不思議なこともあるものだ。その娘を連れ去った旅人は、隣の店を借りて三日前に引っ越してきた。たいそうな金持ちの様子なので、娘さんは不自由なく暮らしていますよ」

と話した。父親は驚き、

「そんな偶然もあるものですか。さて、娘は仲睦《むつ》まじくしているのでしょうか」

と尋ねる。善八はにっこりと笑い、

「それはもう、仲が良すぎるくらいですぞ。私が橋を渡して親子の対面をさせますから、御安心ください」

というと、父親は涙を流しながら懐から手紙を取り出すと、

「娘からの手紙に、結納金として二五両受け取っていただきたいと思いますが、私を女郎に売ったのは事実。年季《ねんき》が明けるまではお互いに顔を合わせるのはよしましょう、と書いてありましたので、娘にもその方にも合わせる顔がございません。娘の居所がわかっただけでも安心しました。今後、娘のことをくれぐれもよろしく頼みます」

と頭を深く下げると、早々に帰ってしまった。

このやりとりを隣の家から立ち聞きしていた次郎吉夫婦はほっとしたが、娘は父親のうしろ姿を伏し拝んだまま泣き崩れた。それから次郎吉夫婦は仲睦まじく暮らした。

21　次郎吉、実父に出会う

次郎吉は江戸に戻ってからは、かねてからの大願通り、大家《たいけ》にだけ忍び込んで、金を盗んでは困窮《こんきゅう》した人々へ施《ほどこ》したので、人々からは、

「親分、親分」

と立てられて、

「鼠小僧次郎吉」

の名はますます高くなった。

しかし、金の匂いに敏感な次郎吉でさえも、両親の行方《ゆくえ》はわからずじまいだった。次郎吉が育った家はいまでは人手に渡り、吉兵衛夫婦の行方を知る者は誰もいなかった。

そんな折、いつものように吉兵衛夫婦の消息を尋ねていると、猿山町で、

「たしか下谷のほうで生計を立てているはず」

という話を聞いた。これを頼りに次郎吉は、下谷の山崎町や神田の橋本町などを探し回ったが手がかりはなく、むなしく月日だけがすぎていった。

ある日のこと、次郎吉は歩きながら、

「そういえば、江戸に戻ってから何度となく盗みに入ったが、一度も、千両や二千両の金

をまとめて盗んだことはないな。一度に大金を盗んで、この名を末代に残そう」と決心した。数日後の夜、京橋のあたりを歩いていると蔵作りの大家《たいけ》の入り口が少し開いているのを見つけた。

「こんな大家なのに何という不用心。さては店の若者たちが女郎買いにでも行ったのだな。ここに忍び込んで三、四千両のまとまった金を盗もう」

と思いながら次郎吉がそっと入り口を開けてみると、提灯《ちょうちん》の明かりの下で門番は二人とも鼾《いびき》をかいて眠りこけていた。次郎吉はそっと手持ちの行灯《あんどん》に火を移して、すばやく土蔵へ向かった。あたりを見回す。すぐ側の一間に、隠居《いんきょ》とおぼしき者が寝ていたが、その枕元には土蔵の鍵がかけてあった。次郎吉は近づいてそっと鍵を取ると、いとも簡単に土蔵の中へ入ることができた。

土蔵の中を行灯《あんどん》で照らしてみたが金はなく、がらんとしていた。中程《なかほど》まで進むと穴蔵があったので、

「この中に金があるのだろう」

と確信して蓋を開けてみると、錠前がかかっていた。錠前の鍵を探している時間はないので、力をこめて錠前をねじ切ろうとしたが、頑丈《がんじょう》にできていてなかなかねじ切れない。次郎吉が懐から手拭《てぬぐ》いを取り出して再度、ねじ切ろうと試みたとき、土蔵の物音に気がついた隠居は驚いて目を覚ますと、枕元にあるはずの鍵がない。

「さては盗賊が土蔵に入ったのか」

と感づくと、さすがは大家の隠居というだけあって、少しもあわてずに番頭をはじめ家の者を起こして、召し捕る支度《したく》をととのえ、蔵の前までやってきた。

若者たちは、俺が盗賊を捕まえて、手柄《てがら》を立ててやろう、と血気盛んに土蔵へ入る。案の定、土蔵の穴蔵の錠前をねじ切ろうとする盗賊がいた。若者のなかで日ごろから相撲《すもう》を好む者が第一番に飛び出して、

「おのれ盗人め！」

と声をあげ、次郎吉に飛びかかってうしろから羽交《はが》い締《じ》めにすると、不意をつかれた次郎吉は何とか逃《のが》れようとしたが、あとから続いて一四、五人の若者が取り囲んだため、ついに縛

りあげられてしまった。隠居は次郎吉の前に進み出て、その顔を見ながら、

「一体、お前はどこのどいつだ。このような大それた盗みをするとは。因果応報とはよくいったもので、この通り自分の身に返ってきたであろう。きっとお前は貧しさに耐《た》えかねて、ほんの出来心《できごころ》で盗みに入ったのであろう」

という情け深い隠居の言葉に、次郎吉は首を垂《た》れて、

「今日こそは天命も尽きた、腹をくくろう。しかし、吉兵衛夫婦にまだ会えていないのが名残惜《なごりお》しい」

と一筋の涙を流した。

隠居は盗賊の涙に驚きながら側《そば》に座ると、

「少しこの者に尋ねることがあるので、ひとまず休息せよ」

と若者たちを土蔵から出した。そこで隠居は、

「お前はどこの者だ。わしはお前の顔を見ると、何となく懐《なつ》かしい気持ちになる。わしは

その昔、武士であったが事情があって浪人となり、そのころ妻が腹に宿した子を産み落とすと生活に困窮《こんきゅう》したので、身を切られる思いで、ある商人の門前へ捨てた。たまたま通りかかった人が赤子を拾ってくれたが、赤子の行方《ゆくえ》はわからないままだ。

しかし、赤子を捨てるとき何かの手がかりになればと、守り袋の中へ誕生の年月日を書いた紙と、小さな観音像を入れておいた。また、赤子は鼻の下に小さな黒子《ほくろ》が二つあり、生きていればちょうど二八歳。お前もちょうどそのくらいの歳《とし》だから、こんなにも心を動かされるのであろうか」

と涙を流した。隠居はもう少し盗賊の顔をたしかめようと蠟燭《ろうそく》をあげて顔を照らすと、不思議にも鼻の下に二つの黒子があった。隠居は驚きつつ、

「まさか」

と思って盗賊の首の掛守りを取ってみれば、間違いなく自分の筆跡とともに小さな観音像が出てきた。隠居は次郎吉にすがりつくと、

「これは間違いなくわしの倅《せがれ》だ。よくぞまあ、達者でいてくれた」

と喜んだが、

「観音様の御加護《ごかご》もなく、わが子は盗賊になっている。なんと、浅《あさ》ましい者になってしまったのか」

と悲しみに沈んだ。この隠居の話を聞いた次郎吉は、茫然《ぼうぜん》としながらも、

「いままで吉兵衛夫婦を誠《まこと》の親と思っていたが、あなたが実の父親で、わが身は捨て子であったと、はじめて知りました。情けないこの始末《しまつ》、父上お許しください」

と涙を流して、声をあげて泣き崩れた。隠居は自分の涙を拭うと、

▲実父との対面

「ああ倅《せがれ》、これも前世の因縁《いんねん》か。いまさら悔《く》やんでもしかたのないことだ。お上の厄介《やっかい》になるよりも、いっそのこと、父の手にかかって潔《いさぎよ》く死んでくれないか」

と語りかける。次郎吉は悪びれもせずに、

「有り難き父上のお言葉、おっしゃる通りにいたします。さあ、この首を斬《き》ってください」

と襟《えり》を伸ばすと、

「おお、よくぞいった。それでこそ武士の種、藤左衛門の倅《せがれ》だ」

と威勢よく立ち上がったが、親子の再会を果たしたばかりだというのに、自分の手で冥土《めいど》へ旅立たせるかと思えば、胸が張り裂けるばかり。刀は手に持ったが、心を掻《か》きむしられて、何度も地面に膝《ひざ》を落として涙を流した。ついには、このままでは果てがないと自分に言いきかせると、刀を構《かま》え、

「倅、覚悟はよいか」

と力をこめて刀を振りおろそうとしたその刹那《せつな》、

「父上、待った！」

と後方から、声をかける者があった。

22 荒物屋を開店し、鼠屋忠兵衛と改名

次郎吉の実父藤左衛門は声をかけられて、うしろを振り返ると、そこにはこの家の当主、すなわち次郎吉の弟が立っていた。

「しばしお待ち下さい。いままでの話を聞かせてもらいました。たった一人の兄上であれば、どうか許してください」

と言うと、父の刀を奪い取り、次郎吉の縄を解《ほど》き、地面に手をつくと、

「あなたが兄上でございますか。私は藤三郎と申す弟です。どうか今から心を入れ替えて、お力添えいただけませんか」

と涙を流して諫《いさ》め嘆《なげ》いた。次郎吉は穴にも入りたい気持ちで、

「有り難い申し出。これからはきっと心を入れ替えます」

と答えると、弟は喜び、父に向き直り、

「父上、兄上の言葉を聞きましたか。どうか許してやってください」

と取りすがって頼んでいると、休息を終えた若者たちも戻ってきて、

「きっと一時の出来心《できごころ》でされたこと。私たちさえ黙っていれば、世間へ知れる心配はございません。お許しください」

と左右から頼まれるので、隠居は嬉しく思ったが、すぐに許すわけにもいかないので、

「ならば皆の者に預ける」

と言い捨てて、自分の部屋へ戻ってしまった。

当主の藤三郎は若者たちによく言い含めると、全員で戸締まりをしたあと、休むようにと伝え、自分は兄の手を引いて自分の部屋へ連れて行った。はじめての兄弟での語らいに空が白むのにも気づかず、藤三郎は身を乗り出して次郎吉の生い立ちを聞いた。

——次郎吉は鼠吉兵衛という者に育てられ、一六、七歳の頃から盗みをはじめ、最近まで

は大坂のあたりをさまよって、盗みを働いたのちに江戸へ帰ってきた。しかし、育ての親である吉兵衛夫婦は行方知れず《ゆくえしれず》、どうにか見つけ出して、恩返しをしようとあちらこちらを尋ねているが、いまだに見つからない。

藤三郎は次郎吉の話を聞くとゆっくりと頷《うなず》き、

「とにかく当面の費用として二〇両を差し上げます。これを元手に何か商売をはじめて真面目に働き、育ての親を見つけて、わが家に来てください。育ての親にも、商売の元手を差し上げましょう。もはや夜も明けてきたので、人目につかないうちに一刻も早く帰ってください。必ず育ての親を探し出して、一日でも早く連れてきてください」

という情け深い弟の言葉に、次郎吉は涙を流してうち喜び、そのまま裏口まで行くと振り返って伏し拝んだ。これは夢か幻《まぼろし》か、不思議な気持ちで表に出た次郎吉は品川のわが家へ帰った。次郎吉は家で落ち着くと、

「このように実父に会えたからには、育ての親である吉兵衛夫婦も探し出して、目出度《めでた》く打ち揃《そろ》って京橋の実父に引き合わせ、そこから何か商売をはじめてお祝いしよう。親たちが

亡きあとは、潔《いさぎよ》く役所へ名乗り出て、悪事を訴え御法通りのお仕置きを受けよう」と覚悟を決めた。

やがて芝露月《ろうげつ》町に、間口三間奥行き四間半に土蔵付きの売り家があったので、これを買って荒物屋を開き、小僧を雇い商売をはじめた。暖簾《のれん》の家名は鼠屋として、名を忠兵衛と改めた。店開きの日から商売は繁盛《はんじょう》し、ほどなくして番頭を置き、丁稚《でっち》の数を増やすまでになり、今では八人を雇う賑《にぎ》やかな店となった。

23　吉兵衛夫婦を探す

荒物屋を繁盛させた次郎吉は、是《ぜ》が非《ひ》でも育ての親である吉兵衛夫婦を見つけようと暇《ひま》を見つけては探し回った。その年の一〇月、いままでの快晴が嘘のように雨が降ってきた。下谷を歩いていた次郎吉は、雨宿りをするために善光寺門前の町屋の軒下に入った。目の前の

みすぼらしい家の中で年寄り夫婦が話をしていた。それとなく会話を聞いていると、

「指折り数えてみれば、ちょうど二八年前、生まれたばかりの捨て子を拾い、乳母を雇《やと》い、子守をしたり寵愛《ちょうあい》した甲斐《かい》もなく、いまではどこへ行ったのか。生死のほどもわからない。あいつさえいれば、こんなに苦労することもないだろうになあ」

「本当に、あの子はどこでどうしているのでしょう？　それにしても、生まれつき利口者だと世間の人にも褒《ほ》めそやされ、親も人に自慢していたのに、何の因果《いんが》か、家には老いた私たちだけという寂《さび》しさ」

と二人で涙に沈むのを聞いた次郎吉は、堪《こら》えきれずに戸を開くと、

「父さん、母さん。よくぞ御無事で。次郎吉です。両親を捨てた不孝《ふこう》を許してください」

と平伏《ひれふ》した。不意を食《く》らった両親は呆気《あっけ》に取られていたが、よくよくその姿を見てみると次郎吉だとわかった。吉兵衛夫婦は、

「よくぞまあ、達者でいてくれたものだ」

といいながら、次郎吉の元へ歩み寄ると、涙を流し、左右から次郎吉の背中を撫《な》でて、言葉

もなく三人そのままひしと抱き合い涙を流した。

　次郎吉はようやく頭を上げると、両親に、

「さぞ辛かったことでしょう。家を飛び出して、気ままに放蕩無頼《ほうとうぶらい》してきたからには、これからはきっと心を入れ替えて御恩返しをしますので、どうぞお許しください」

と詫《わ》びた。母親は、

「よくぞ私たちの元へ帰ってきてくれた。お前が家を出たころから、だんだんと落ちぶれて。それにしてもこれまでの年月、お前はどこで暮らしていたのか、聞かせておくれ」

と尋ねると、次郎吉は困りつつも、

「ふとしたはずみで大坂をめざし、四、五年ほどおりました。思ったほどには良い商売もないので、また江戸へ帰ってきました。江戸に戻ってから今日まで各所を尋ね歩きましたが、元の堺町からはすでに引っ越され、近所の人々に問い合わせてみてもどこへ行ったのかわかりません。その後、不思議な縁《えん》で私を捨てた実父に出会いました。その日まではお二人を実の親と思っていましたが、この首の掛守《かけまも》りからその方が実父だと判明しました。実父と

弟から、
〝育ててくれた両親を探して、三人でわが家を訪《たず》ねて来るように。両親が見つかるまでは
わが家へ一歩も入れない〟
といって三〇両をもらいました。その金を元手に芝の露月町に家を求め、荒物屋をはじめる
と、たちまち繁盛し、番頭や丁稚《でっち》を六人ほど使い、いまでは店を番頭に任せて、一日中お二
人の行方を探しておりました。今日、天の恵みか、にわか雨にあい、雨宿りをしたことでな
つかしいお二人のお顔を拝むことができ、誠に嬉しいことです」
と虚実《きょじつ》を織《お》り交《ま》ぜて語ると、老夫婦は涙を流して喜び、
「それでは、お前がこのごろ有名な、露月町で荒物屋を営む鼠屋忠兵衛という者なのか。
それでこそ育てた甲斐《かい》があった」
と言うと、次郎吉は、
「それでは、この家を引き払い、早速《さっそく》我が家へ引っ越してきてください」
と言って、吉兵衛夫婦を露月町の家へ引き取った。

それから約束通り、吉兵衛夫婦と次郎吉は吉日を選んで、京橋にある実父の家を訪ねた。実父の紀伊国屋藤左衛門と藤三郎はこの訪問を喜び、善美をつくした料理を調えると、目出度《めでた》くもここに生みの親と育ての親が仲睦《なかむつ》まじく酒を酌《く》み交わして喜びをわかちあった。

24　淀辰と再会し鈴ヶ森で殺す

ある日の夕刻、次郎吉はいつものように、店の片づけをして番頭を相手に勘定《かんじょう》をしていると、表《おもて》が騒がしくなったかと思うと、

「それ、盗賊があっちへ逃げたぞ！　今度はこっちへ逃げた」

という声に追われて頬被《ほおかむ》りをした男が、鼠屋に飛び込んでくると、店の隅《すみ》に身を潜《ひそ》めた。店の者が驚いているあいだに、捕り手たちは店の前を駆け抜けていった。表が静かになったのを見計《みはか》らって、その男は頬被りを取ると、

「ろくにあいさつもせず、お騒がせして申し訳ございません」

といいながら次郎吉と顔を見合わせると、二人は息をのみ、

「やや、お前は次郎吉殿」

「そういうあなたは淀辰親分」

と偶然の再会に驚いた。次郎吉は淀辰を座敷へ上げ、

「どうして江戸へ出てきたのですか」

と尋ねる。淀辰は膝《ひざ》を進めて、声を小さくして、

「お前が大坂を立ち退《の》いてから、あの放火して盗んだ一件により、詮議《せんぎ》が厳しくなった。そのうち子分が二、三〇両の金と引き替えにお前のことを白状してしまったので、ぐずぐずしていては私のこともばれるのは時間の問題だと悟り、足のつかないうちに江戸へ逃《のが》れてはどうです、という子分のすすめにしたがってこの江戸へ来たのだ。

しかし、江戸へ来てからというもの、いまのような災難ばかりで、ほとほと嫌になったので、田舎《いなか》まわりにでかけようと路銀を稼《かせ》ごうとしたところ、やりそこなってお前に出会った

のだ、誠に面目《めんぼく》ない。それにしても真面目な商売についたのだなあ」

と、ことの顛末《てんまつ》を語るとともに、店をなめるように見た。次郎吉は気の毒に思いつつ、

「私も親分にはずいぶんと厄介《やっかい》になったので匿《かくま》ってさしあげたいが、何といっても、この通り真面目《まじめ》な商売に変わっているので、そういうわけにもいきません。これはあまりにも少ないですが路銀の印《しるし》にどうぞ」

といいながら、側《そば》にあった用箪笥《ようだんす》から二〇〇両の金を取り出して、淀辰の前に差し置いた。

淀辰は喜びながら、

「誠に済まねえが、しばらくのあいだ借りていく。やはり恩は売っておくものだなあ」

といって懐《ふところ》に収めた。それから二人は酒を酌《く》み交わして、昔話に花を咲かせた。淀辰が、

「とにかく、今夜のうちに江戸の地を離れたい」

というので、次郎吉は留《と》めても良いことはないので、特に引き止めもしないで、

「どこへ足を向けられるのでしょうか」

と問うと、

「やはり東海道筋を進もうと決めている」

というので、二人で連れ立って露月町を出発した。

品川をすぎ、鈴ケ森にやってくると日もどっぷりと暮れて、昼間でさえ凄《すさ》まじい刑場に夜の闇が深まり、聞こえてくるのは犬の遠吠《とおぼ》えと波打つ音だけであった。次郎吉は前後を見回して人気のないのを確認すると、それとなく淀辰の背後にまわり、

「親分、御免《ごめん》！」

というよりも早く電光一閃《でんこういっせん》、左の肩先から袈裟懸《けさが》けに斬りつけた。淀辰は、

「うわああっ、何しやがる」

と、声を立てて振り向くところを、首筋目がけてまた一刀浴《あ》びせると、その場に倒れた。次郎吉は淀辰の息が絶えたのを確認すると、ほっと一息ついて、

「親分、済まねえが許してくれ。何を隠そうこの俺にはただ一人の実父があり、さらには育ててくれた両親がいる。この親たちを看取《みと》らないうちは、どうしても死ねねえから、あのように真面目に商売をしているのだ。それを親分に見られてしまったから、万が一、俺の過

去をばらされてはせっかくの苦労も水の泡。どうか成仏《じょうぶつ》してもらいたい。南無阿弥陀仏」といいながら死骸《しがい》にまたがると、その首を切り落とし、六文銭には甚《はなは》だ多いな、とひとりごとをもらしながら二〇〇両の金を奪うと、残った死骸は海に投げ込んで、首を風呂敷に包むと家へ持ち帰った。

25　お吉への離縁状

次郎吉は淀辰との再会がなかったかのように振る舞い、生みの親である藤左衛門と出会えただけではなく、育ての親である吉兵衛夫婦をわが家へ迎えることができた幸せをかみしめて、日々の商売に精を出した。

しかし、ふとした拍子《ひょうし》に頭をよぎるのは、一四、五年にわたり至る所でくり返した悪事の報《むく》いが、いつかはこの身に降りかかること。もしも、その時が来れば罪を償《つぐな》う覚悟はできているが、何も知らない吉兵衛夫婦や女房のお吉のことを思うと、胸が締《し》めつけられる。

「老い先短い吉兵衛夫婦はまだしも、ともに白髪《しらが》と誓《ちか》い合ったお吉は、さぞかし嘆《なげ》くことだろう」

と心の中で悶々《もんもん》とした日々をすごしていた。

ある日、次郎吉はいつになく硬い表情でお吉に向き合うと、

「長年連れ添ってきたお前のことだから、俺の気性《きしょう》は知っていると思うが、たとえ亭主の身の上にいかなる変事《へんじ》が起ころうとも、心を落ち着けて、慌《あわ》てることがないように心がけよ。あそこの仏壇の引き出しに風呂敷包みがあるから、ここへ持ってきてくれ」

といわれたお吉は、亭主の挙動を不審に思いながらも、風呂敷包みを持ってきた。

「では、その包みを開いてみな」

といわれるままに何気《なにげ》なく開けてみると、男の生首が転がり出た。お吉はあまりのことに声も出せずに飛び退《の》いて、がたがたと震えた。その様子を見た次郎吉はにっこりと笑い、

「これでもお前は、この家を死に所《どころ》と定《さだ》める気か、それとも出ていく気持ちになったか」

と問われたお吉は、胸をさすり気持ちを落ち着けながら、

「何とまあ、誰が出ていくのですか。私の死に所はこの家でございます」

と気丈《きじょう》にいうと、次郎吉は、

「そうか。嫁《とつ》いだ家で死んで出ていくのが通常だが、世間には生きて嫁ぎ先を出るものも少なからずいる。だから目出度《めでた》いわが家の家例《かれい》（しきたり）を遣《つか》わそう」

というと一通の書付を渡した。お吉がこれを開いてみると、思いもよらない三行半《みくだりはん》（離縁状）だった。驚きの声とともに、

「ええっ、これは離縁状ではございませんか。どうして私を離縁なさるのでございましょうか。何か不手際がございましたか」

と次郎吉に詰め寄ると、次郎吉はその問いかけを笑い飛ばし、

「すなわち、これがわが家の家例だ。お吉がこの家を死んで出る気であれば、受け取っておけばよい。万が一、亭主の身に異変があるときはこの離縁状が役に立つ。これが、わが家

の先祖が考えたしきたりだ」

という。お吉は腑《ふ》に落ちないが、亭主の次郎吉にも何かの思いがあってのことと察し、そのまま離縁状を受け取った。


商売は日々繁盛していたが、月に叢雲《むらくも》、花に嵐。吉兵衛夫婦は年を重ね、気楽に暮らせる気のゆるみからか、次第に老衰するうちに、母がある日、

「風邪をひいたようだ」

といって、いつもより早く横になったかと思うと、夜半には容体が悪化した。次郎吉夫婦はつきっきりで看病し、あらゆる名医に診《み》せたが、天命はどうすることもできずに、母はついに冥府《めいふ》の客となった。

母にこれといった恩返しができなかった次郎吉夫婦は、吉兵衛を労《いたわ》り朝に夕に尽くしたが、吉兵衛も妻のあとを追うように風邪をこじらせたかと思うと、ついに息を引き取った。

相次いで育ての親を失った次郎吉夫婦は悲嘆《ひたん》の涙に暮れ、野辺送《のべおく》りを営《いとな》むと忌日命日の追善《ついぜん》

なども怠《おこた》らず、懇《ねんご》ろに弔《とむら》った。

26　次郎吉、高崎の忠五郎のもとへ逃げる

次郎吉は困窮する人々を救うためとはいえ、度重なる悪事を働き、危うい場所をたびたび逃れてきた。今では実父や養父母に再会できて、少しは恩返しもできたので、役所へ自ら名乗り出ようと思うも、実父が嘆き悲しむことを思うと、居ても立ってもいられず、江戸市中の噂に詳しい知人宅へ、用事を見つけては、足を運んでいた。

ある日のこと、江戸の出口固めの噂話に耳を傾けると、

「今日、品川で鼠小僧という強盗を召し捕れという通達が出たので、捕り方数人は品川へ引き返せ」

という通達があったという。次郎吉は、捕り手が戻ってくるまでに江戸を離れようと決意

し、その夜の明け方には家を出発して、かねてより親交を深めていた上州高崎の親分忠五郎のところに匿《かくま》ってもらおうと中山道《なかせんどう》を進んだ。二日を経《へ》て高崎に着くと忠五郎の家を訪ねて面会した。そして自分の悪事を話し、

「当分のあいだ匿《かくま》ってもらいたい」

と頼んだ。忠五郎は快《こころよ》く承知し、

「それでは俺の別宅へ匿いましょう。江戸ではたいへんお世話になったので、ご恩返しができて嬉しい」

というと、次郎吉が何不自由なく暮らせるように取りはからってくれた。

次郎吉は忠五郎の世話になりながら、半年ばかり高崎で暮らした。しかし、毎日気にかかるのは江戸の実父のこと。なまじ親子の名乗りをしたばかりに、次郎吉とのつながりを暴《あば》かれれば無事には済まないはずなので、それればかりを気に揉《も》んで暮らしていた。

旧暦四月の花につつまれた午後、四畳半の小座敷に横になり、忠五郎から借りた読本を見

ていたが、いつのまにか眠りに落ちてしまった。

「旦那、旦那」

と揺《ゆ》り起こす者がいた。誰かと思って眼を開けてみると江戸の店の小番頭の菊松であった。

「どうして、ここがわかったのだ」

と驚く次郎吉の言葉に、菊松は涙を流しながら、

「旦那様が芝露月町を出発したあと、どこで聞きつけたのか捕り手の役人が大勢で店にやってきて、大番頭様とお吉様を取り押さえると〝次郎吉をどこへ逃がした！　尋常《じんじょう》に白状せよ〟と責めたてました。しかし元々旦那様がどこへ逃げたのか知る者はいなかったので、白状の仕様《しよう》もございません。しかし、疑いは晴れず〝次郎吉が捕まるまでは牢屋へ繫《つな》いでおけ〟と、そのまま引き立てられてしまいました。すぐに京橋の実父様方へも捕り手が向かい、実父様も牢へ繫がれてしまいました。

　そこで、弟の藤三郎様と相談して、お上へ三人の放免《ほうめん》を嘆願《たんがん》しましたが、お上では〝次郎吉が捕まらないうちは、三人とも牢からは出さない〟と、とりつく島もないありさまです。

この惨状を一刻も早く旦那様に知らせようと、寝る間も惜《お》しんで旦那様の行方《ゆくえ》を尋ねまわり、〝旦那様は上州高崎へ向かったようだ〟との情報を得たものですから、すぐにやって参りました。

一刻も早く江戸へ戻って、御三方を救ってあげてください。私はすぐに江戸へ引き返し、御店に旦那様が高崎にいたと知らせておきます。ではお先に失礼します」

と立ち上がろうとする菊松の袖《そで》を押さえると、

「やはり私があのとき実父に出会ったばかりに、私とのつながりを暴《あば》かれ、牢につながれているのか。知らん顔して当所でうかうかと月日を送っていた自分が恥ずかしい。私もすぐに江戸へ向かうから、しばし待て」

と留めると、菊松は、

「いいえ、それにはおよびません。私は先へ行きます」

とそでを振り払った。その勢いで次郎吉はうしろへ倒れて、

「うわっ」

と声をあげた。そのとき、

「兄貴、次郎吉の兄貴」

と揺《ゆ》り起こされた。次郎吉は驚いて目を開けると、読みかけの本を手にしたまま横になっていた。夢だったのだ。次郎吉を揺り起こしたのは忠五郎で、

「うなされて、あまりにも苦しそうだったので。何か悪い夢でも見たのですか」

と尋ねる。次郎吉は夢の内容を話して、

「今から江戸へ戻り、夢が正夢《まさゆめ》ならば、すぐに名乗り出て親たちを救う」

というと、所持金三〇〇両を取り出して忠五郎へ差し出し、

「この金は用心のために持っていたが、今となっては用無しなので、お礼として二〇〇両を差し上げます。この私がお仕置きを受けたと聞いたら、線香の一本でも立ててください。牢へ行くには少しは手土産もいるだろうから、一〇〇両は持っていきます」

といいながら身支度《みじたく》をはじめた。呆気《あっけ》に取られた忠五郎は、

「兄貴、夢は五臓の疲れといいます。日ごろから親御さんのことを気にしているからそん

な夢を見たのでしょう。江戸へ行くのはやめにして、落ち着いてください。江戸の様子が気になるなら、子分に探らせますから」

としきりに引き止めるが、次郎吉は聞く耳を持たず、強引に二〇〇両を受け取らせると、旅立ちの酒宴もそこそこに高崎を出発した。

早足の次郎吉は、翌日には大宮宿に着くと、

「この宿に泊まろうか」

と柿色の大暖簾に柳家と染め抜きされた下を潜《くぐ》ろうとした。そのとき中から一人の女が、

「ちょいと、お前さん」

と呼び止めた。見ると、盛りはすぎたが美しい顔立ちの女が微笑《ほほえ》みながら、

「お前さん、お久しぶりでございましたね。今夜はぜひ、泊まってくださいな」

と次郎吉の袖《そで》を摑《つか》んで離そうとしない。その顔をよく見てみると、以前、江戸から大坂へ向けて出発しようとしたとき、芝田町で枕を並べた、あの信濃屋の女房お松であった。

「先を急ぐ旅だからといって、お松を振り払って行くのはかえって良くないだろう」

と思った次郎吉は、お松の言葉にしたがって柳家の大暖簾を潜《くぐ》った。

お松は偶然の再会を喜び、つきっきりでもてなした。次郎吉も思わぬ再会に気を緩《ゆる》め、真夜中すぎまで賑《にぎ》やかに遊んだ。

27　奥原九一郎、鼠小僧を召し捕る

信濃屋藤助の女房お松が、なぜ大宮宿の遊女になっているかというと、次郎吉が大坂へ行く途中でお松と姦淫《かんいん》したことが、後日になって誰が言うともなく評判になり、十日ほど経《た》って藤助が帰ってくると、自然と藤助の耳にも入った。藤助は怒り、お松を一〇〇両で吉原に売り飛ばした。お松は流れ流れて今では大宮宿に鞍替《くらが》えしていたのだ。

お松は自分が密夫《みっぷ》と情事を重ねていたことなど忘れ、自分を騙《だま》した次郎吉を深く恨《うら》んでいた。その次郎吉を見つけた瞬間、全身が怒りの炎に包まれたが、表向きは色で仕掛け、十分

に酒をすすめると次郎吉を深く眠らせた。

宿の主人は目明《めあ》かし（岡っ引き）の親分だったので、次郎吉を眠らせたお松はすぐに主人のところへ行くと、恨みを晴らそうと、尾ひれをつけて次郎吉の悪事を並べ立てた。

これを聞いた宿の主人は大いに喜んだ。というのも、このとき本陣には、八州方の御見回り奥原九一郎殿が泊まっていたので、すぐに報告した。九一郎はこの話を聞くと宿の主人と示し合わせて、宿の者三、四〇人で逃げ道を塞《ふさ》いだ。九一郎は自分の手下七、八人をしたがえて次郎吉の寝間へ踏み込む。次郎吉は飛び起きて三、四人を投げ飛ばし、

「俺はお前らごときに捕まるほどの軟弱ではない！　刃向かって後悔するなよ」

というと側《そば》にあった酒器などを手当たり次第《しだい》に投げつけ、中庭の松の木に手を掛けたかと思うと、たちまち大屋根に飛び移った。そこから逃げ道を求めようと宿の様子を見ると、宿の回りはびっしりと固められ蟻《あり》一匹通さない守備。一カ所くらいは逃げ道があるだろうと血《ち》眼《まなこ》になっていると、東の空が白くなってきた。

そこではじめて、捕り手の頭である奥原九一郎の顔を見た次郎吉は仰天《ぎょうてん》した。

「あそこの捕り手の頭は、間違いなくわが父吉兵衛殿が厚恩《こうおん》を受けたと聞く、福原重左衛門様の子息初次郎殿。彼はその身の放蕩《ほうとう》からわが父の厄介《やっかい》となったが、いまでは立派になっているものだ。

俺は江戸へ行って、親たちが牢獄《ろうごく》に繋《つな》がれていれば名乗り出る覚悟。ここを逃げのびるより、いま召《め》し捕《と》られて初次郎殿の手柄《てがら》となれば、少しは親への孝行になるだろう」

と心に定めると、捕り手に向かって、

「しばしお待ちくださいい。私は今、天命を知り縄を受けようと決めました。刃向かう気はないので、私の業《わざ》を見物なされよ」

といったかと思うと、その身を屈《かが》めた次の瞬間、空へ舞い上がり、九一郎の前へ着地した。

唖然《あぜん》とする一同に、次郎吉は落ち着いた口調で、

「さあ、お役人様、お縄をかけられよ」

と手をうしろへまわした。九一郎は次郎吉の軽い身のこなしに感心しながら縄をかけ、盗賊の顔をまじまじと眺めると、かねてから人相書きが出回っている次郎吉であった。九一郎は、

「さては、捕り手が私と知って縄についたのか。まさか私に手柄を持たせるため……」

と後悔したが、いまとなっては仕方なく、手下の者にこの宿の役所へ連れて行かせた。

その後、次郎吉は江戸表は伝馬町《でんまちょう》の牢獄へ送られたが、実父や妻のお吉は牢に繋《つな》がれてはいなかった。次郎吉は名高き強盗であるので、二、三日のうちに牢名主となると、牢の中で「親方」「旦那」と敬《うやま》われた。そののち次郎吉は、南町奉行小田切土佐守殿の番所へ呼び

出しとなり、取り調べを受けた。過去の罪状に対して毅然《きぜん》とした態度で自らの過《あやま》ちを認める次郎吉に土佐守は感心した。そしてついに、

「この次郎吉に窮地を救ってもらったという者が、毎日のように奉行所へ来て命乞《ご》いをしている。奉行もその人々の思いに心動いて、命だけでも助けてやりたいと思うが、御法を破った罪は重い。よって江戸中引き回しの上、小塚原にて獄門の刑に処す」

と言い渡された。処刑の前日、次郎吉が、

「死罪は元より覚悟していたので命は惜しくない。しかし、実父や女房のお吉からの便りが少なくなって、どうしているのかが気がかりだ」

などと物思いにふけっていると、門番が牢に入って来て、

「新入りだ」

といって一人の男を連れてきた。この男の顔を見ると、なんと高崎の夢に出てきた菊松であった。次郎吉はまた夢を見ているのではないかと頬をつねりながら、

「お前はどうしてこんなところへ来たのだ」

と尋ねると、菊松は涙を流しながら、

「ああ、変わり果てたそのお姿を見ただけで涙が止まりません。明日は御仕置きになるとのこと、いまさらどうすることもできませんが、親御さんたちが一言でも、次郎吉殿へ伝言したくても思うようにならないで悲しみに暮れていたとき、たまたま店で間違いがあり、一人牢に入らなければならなくなりました。そこで私が頼んで牢に入ったのです」

というと、実父やお吉からの伝言を伝え、さらに泣き崩れた。

次郎吉は菊松の心遣いに感謝し、心おきなく仕置きの日を迎えると、静かに牢を出た。

次郎吉がお仕置きになると、次郎吉の恩恵を受けた人々が集まり、その死骸《しがい》を引き受けると某《なにがし》寺へ葬ったあと、懇《ねんご》ろに弔《とむら》った。

（完）

巻末特集

義賊としての鼠小僧

割田　剛雄

一　鼠小僧次郎吉と稲葉小僧

義賊鼠小僧次郎吉（一七九七―一八三二）は三六歳のとき、日本橋浜町の小幡藩主松平宮内少輔忠恵の屋敷に盗みに入り、露見して捕縛《ほばく》されます。北町奉行所で厳しい調べを受け、それまでに三〇〇〇両以上の金品を盗んだと供述します。ただちに家宅捜索が行われたものの、まとまった金銭は発見されず、盗んだ金の行方が人々の話題となり、

「貧しい人びとに分け与えた」

という義賊伝説が世間に広まりました。けれども、現在の研究家の間では、

「盗んだ金のほとんどは、博打《ばくち》と女と飲酒に浪費したのではないか」

といわれています。

ところで、義賊鼠小僧次郎吉の先輩に「天明の怪盗」と呼ばれた稲葉小僧（別称因幡小僧、一七五二―一七八五）がいました。鼠小僧より五〇年ほど昔に活躍し、鼠小僧と同じく、大名や旗本などの武家屋敷を専門にくりかえし忍び込み、名刀と謳《うた》われる刀や脇差しを盗んだ骨董趣味の怪盗です。実際に貧しい人々に盗んだ金銭を施したと伝えられています。

天明五年（一七八五）に一橋家に盗みに入って

捕らえられ、引き立てられる途中で縄抜けし、茶屋の便所から逃走しました。潜伏中の上野国《こうずけのくに》（群馬県）で病死したとも、また、再び捕らえられて打ち首のうえ、獄門《ごくもん》（さらしくび）に処せられた、とも言われています。

のちに茶屋の縄抜けの場面が歌舞伎の『荏柄天《えがらてん》神利生鑑《じんりしょうかがみ》』に取り入れられ、大人気を得て稲葉小僧は伝説的人物となりました。

二　武家屋敷を狙った理由《わけ》

鼠小僧次郎吉や稲葉小僧は、武士階級が絶対であった江戸時代に、大名屋敷や旗本屋敷を専門に、徒党を組むことなく一人で盗みに入りました。その大胆不敵さが世の人々の人気を集めた理由の一つといえます。

彼らが、あえて危険そうな大名屋敷や旗本屋敷などを狙った理由《わけ》は、

①大名屋敷や旗本屋敷は、いずれも敷地面積が非常に広い

②商家は金にあかせて警備を厳重にしていた

③大名屋敷は、幕府に謀反《むほん》の疑いを抱かせる恐れがあるなどの理由で、警備を厳重に出来なかった

④そのため、いったん屋敷内に入ってしまえば、意外と警備が手薄だった

⑤男性が住む表と、女性が住む奥がはっきりと区別されていて、金品は主に女性住居の奥にあった

⑥奥に忍び込んで、もし発見されても、女性ばかりで逃亡しやすい

⑦また大名や旗本は、世間への体面《たいめん》を守るために、盗みの被害が発覚しても公《おおやけ》にしにくかった

などの事情によるものでした。

三　義賊イメージの形成

義賊鼠小僧次郎吉が捕まり処刑されたころ、江戸では講談師の初代・松林亭伯圓（一八一二―一八五五）が活躍していました。

やがて、稲葉小僧と鼠小僧次郎吉の事跡を混ぜ合わせて、義賊としての「鼠小僧次郎吉」が講談で演じられると、江戸中で大評判となります。権力の象徴である武家屋敷にいともたやすく忍び込み、神出鬼没の活躍をする主人公の鼠小僧に、反権力の具現者の痛快さを感じ、喝采を送りました。

これをみて二代目河竹新七（黙阿弥）は歌舞伎の演目にすることを思い立ち、鼠小僧が主人公の、『鼠小紋東君新形《ねずみこもんはるのしんがた》』（全五幕、通称「鼠小僧」）を江戸の市村座で、安政四年（一八五七）正月一日に初演しました。この歌舞伎の「鼠小僧」も大好評を博し、人々の義賊鼠小僧次郎吉の人気は一段と高まりました。

さらに、講談の中興の祖と称される二代目松林伯圓（一八三四―一九〇五）は、

「泥棒伯圓」

の異名をとるほどに白浪物を得意として、

『鼠小僧』

『天保六花撰』

などの演目で、落語の三遊亭圓朝、歌舞伎の九代

目市川団十郎とともに人気を二分するほどでした。

一方、出版界では『鼠小僧実記』が著されて、これまた大評判を呼びます。

こうして、講談や歌舞伎、出版などの相乗効果と相まって「鼠小僧次郎吉」の義賊としてのイメージが定着していったと考えられます。そして今日まで講談、小説、漫画、芝居、映画、テレビなどの分野で、くりかえし取り上げられてきました。

四　歌舞伎の制約と工夫

ここで注意しなければならないのは、歌舞伎を中心とする「筋書き」と「登場人物名」が、今日の歴史研究で明らかになった事柄や人物名と異なることです。ご承知の通り、江戸時代の歌舞伎には、徳川幕府からさまざまな制約が加えられていました。たとえば、

①思想指導（政治批判）の厳禁

②演目の内容は狂言《きょうげん》綺語《きご》（荒唐無稽）をもって、踊りを主体とすること

③徳川幕府にかかわりのあった人物の上演禁止。このため、登場人物を江戸時代以外に設定すること

④江戸の地名をむやみに用いてはならない

⑤俳優は、一般市民とむやみに交際してはならない

などです。

このため、歌舞伎の『鼠《ねずみ》小紋《こもん》東君《はるの》新形《しんがた》』では、

……捨て子の与吉は、盗人の「月の輪のお熊」に育てられ、大名や豪商から金子《きんす》を盗んでは、貧者に分け与える義賊鼠小僧と

なったが、今では名を稲葉幸蔵と改め、易者平沢左膳に変装して、鎌倉の滑川に潜んでいる……。

となっています。鼠小僧の名前を変え、舞台を江戸から鎌倉に移し、筋書きも独自のものです。これは幕府の制約をくぐり抜けるための、歌舞伎独特の、そして二代目河竹新七（黙阿弥）の工夫といえます。

五　芥川龍之介の『鼠小僧次郎吉』

芥川龍之介の『鼠小僧次郎吉』は、龍之介二八歳の作品です。主題をアイルランドの劇作家ジョン・M・シングの戯曲『西方の人気者』から借りた、と言われています。

戯曲「西方の人気者」では主人公が、でたらめもいいところで、

「自分は父親殺しの大罪を犯した」

と述べ、あること無いことを並べ立て、人々の驚きと同情を得て、得意になっています。そのとき、殺したはずの父親があらわれ、人々は一気に興ざめする、という内容です。

芥川の『鼠小僧次郎吉』では、旅籠で盗みが露見して捕縛されたゴマの蝿の越後谷重吉が、

「何を隠そう、おれこそが鼠小僧次郎吉だ」

と縛られたまま、苦しまぎれに名乗ると、旅籠の番頭や居合わせた馬子、若い衆が驚き、次第に好奇の目に変わります。これを見て、旅の往来で見聞した鼠小僧の悪事を、自分の手柄話に変えて次々に話しだし、得意になっていきます。

物陰でこのやりとりを聞いていた本物の次郎吉

が、腹にすえかねて、

「鼠小僧だと強情を張りゃ……そのときにゃ、軽くて獄門《ごくもん》、重くて磔《はりつけ》は逃れねえぜ。それでも、御前《おめえ》は鼠小僧か、……といわれたら、どうする気だ」

と突っ込むと、死罪におびえたゴマの蝿は、

「実は鼠小僧でも何でもねえ、あっしは、単なるゴマの蝿の越後屋重吉で……」

と白状します。するとそれまで神妙に聞いていた馬子、若い衆が憤慨し、越後屋重吉を袋だたきにしてしまいます。その鮮やかな対比の妙はシンクの『西方の人気者』よりも、一段も二段も上の筆致です。その後の鼠小僧ものの舞台化や映画化、テレビ化に大きな影響を与えた、というのも頷《うなず》ける傑作短編です。


菊池寛の『鼠小僧外伝』は、出身の卑しい屋代越中守が、己に酷似した傑作木彫像に苦慮し、たまたま屋敷に忍び込んできた鼠小僧を説得し、わざと木彫像を盗ませようと計《はか》る筋書きです。殿様越中守との約束を果たしながらの鼠小僧の処置が秀逸です。菊池寛の筆の冴《さ》えた名篇です。

鈴木金次郎編『絵本鼠小僧実記』は、稲葉小僧と鼠小僧の事跡とをつきまぜる形で構成されています。神田豊島町の貧乏浪人、紀伊国屋藤左衛門の子に生まれ、貧しさゆえに捨てられ、博徒の親分鼠吉兵衛に拾われて、幸蔵と名づけられて育ちます。挿入の絵を含めて、江戸の講談の余韻を伝える内容です。

義と仁叢書4

鼠《ねずみ》小《こ》僧《ぞう》次《じ》郎《ろ》吉《きち》

平成二四年一一月二〇日　初版第一刷発行

著　者　芥川龍之介
　　　　菊池寛
　　　　鈴木金次郎

発行者　佐藤今朝夫

発行所　株式会社　国書刊行会
〒一七四—〇〇五六
東京都板橋区志村一—一三—一五
TEL 〇三（五九七〇）七四二一
FAX 〇三（五九七〇）七四二七
http://www.kokusho.co.jp

印　刷　株式会社エーヴィスシステムズ

製　本　株式会社ブックアート

落丁本・乱丁本はお取替え致します。

ISBN 978-4-336-05408-1

義と仁叢書

大輪の生涯を描く!!

参 幡随院長兵衛

平井晩村 著

腕も立ち、義に厚く、度胸は天下一品。
「人は一代、名は末代」を重んじ、
その生き様は「江戸の華」!

二二〇五円

弐 清水次郎長

一筆庵可候 著

海道の旅を続ける度胸の男
山岡鉄舟、新門辰五郎との出会い。
大政、小政、森の石松・・・。男だねぇ—

二四一五円

壱 国定忠次

平井晩村 著

朝もやの、貧しき
百姓家の入口に
銭置《ぜにくば》るわらじの男たち

二四一五円